The New Fifties

巨泉

人生の選択

Ohashi Kyosen

大橋巨泉

講談社

巨泉——人生の選択／目次

第六章　家族という絆

装幀／川上成夫
装画／マツモトヨーコ

巨泉——人生の選択

ボクを生んでくれた母らくと、最高のパートナーになってくれた寿々子に。

まえがき――巨泉になりたい人へ

二〇世紀も残り少なくなった一九九九年、ボクはある出版社からアプローチされた。新しい三〇代、四〇代の男性に向けた月刊誌を創刊するのだが、その創刊号にボク「大橋巨泉」の特集を企画しているという。

表紙からグラビア、インタビューに至るまで、二〇ページにもわたる大特集と聞いて、「なぜ今ボクを?」という率直な質問をぶつけてみた。テレビの第一線からしりぞいてすでに満九年が過ぎようとしていたからである。

「実はですね……」で始まった編集長の答えに、ボクは二度目のビックリをしてしまう。創刊を前に、ターゲットの三〇代、四〇代のサラリーマンを対象にリサーチを行った結果、「最もなりたい人物」のトップは、小渕恵三首相でも、孫正義社長でもなく、大橋巨泉だったというのだ。

表面には出てこないが、日本の中核をなしている男性の人生観は変わってきているのだ、と感じた。

権力者になるよりも、世界ランクに登場する富豪になるよりも、早目に引退して後半生を自分の生きたいように生きる人生を選ぶなんて……その人生を選んだ当人のボクも信じられない思いだった。

日本男性といえば、外国ではアブノーマルとさえ思われてきたワーカホリックの「会社人間」だったのではないか。ボクはあくまで例外的な「異端者」だったはずだ。しかし日本人のメンタリティーは、水面下で徐々に変化していたのだろう。

バブル経済の崩壊以来、うち続く不況、ダウンサイジング（企業の縮小）やマージャー（企業合併）によるリストラの嵐のなかで、「終身雇用」の夢は幻となり、〝会社のため〟でなく、〝自分と家族のため〟に生きるほうを選ぶ人が増えているのである。

当人が半信半疑でいるところへ、講談社の加藤康治さんから、本書の依頼があった。彼も例の編集長氏と同じように、「今、巨泉さんみたいな生き方をしたい人がどんどん増えているんですよ」という。しかし、どこから手をつけて良いかわからない。そんな〝後輩〟たちのために、何かノウハウのようなものを書いてもらえまいか、というのだ。何だか「早く書かないと手遅れになる」といわれているような気がしないでもなかったが、「何とかしましょう」といってしまった。しかし全く手がつかないまま、アッという間に半年が過ぎてしまったが、先日フト気がついた。

ボクがレギュラー番組をすべて降板して「セミ・リタイア」宣言をしたのが、一九九〇年の春である。すると西暦二〇〇〇年は一〇周年だ。しかも記念すべきミレニアム、やがて新しい二一世紀を迎える。このタイミングを逸《いっ》すると、ボクは書かないのではないか、という気がしたのだ。

ボクはなかなか筆を執《と》らないが、一旦書き出すと速い。いわゆる気合で書くほうである。ラ・ニーニャ現象とやらで、今年のオーストラリアは雨が多い。ということは、ゴルフをしない日が増えている。ようし書き出そう、と考えた次第である。加藤さんがつくってくれた「叩き台」をもとに、書いて行ってみよう。

そしてこの本が、新しい欧米型のメンタリティーに目覚めた多くの読者の、後半生の指針になってくれれば、望外の喜びである。

一九九九年一二月オーストラリアにて

大橋巨泉

序章　セミ・リタイア後の優雅な生活

アメリカ・ワシントン州のサマーハウスの庭に来た鹿の親子

日本の冬はオセアニアで過ごす

まず現況から書き出すべきだろう。一九九〇年四月以来約一〇年間の年間スケジュールは、ほとんど変っていない。一月から始めることは難かしいので、一一月からにしよう。

一一月一五日から四月一五日の間の五ヵ月間は、オセアニアに住んでいる。本拠地はオーストラリアのクィーンズランド州、ゴールドコースト市の郊外にあるサンクチュアリ・コーヴというリゾートに置いている。ここからケアンズ（第四章で詳述するOKギフトの支店がある）へ、年二回ほど顔を出す。さらにニュージーランドにはビザの関係で、年間最低四一日間は滞在しなければならないので、一月なかばから二月一杯は、オークランドに住む。同国のクライストチャーチにも支店があるが、ここは数日滞在するだけである。以前は冬場をハワイで過ごしていたが、セミ・リタイア後は、オセアニアに変えた。理由は第二章で……。

日本の春は桜かな

四月中旬に帰国するのは、やはり少しでも桜が見たいのと、所属する東千葉カントリー倶楽部《くらぶ》のシニア選手権が行われるからであった。しかし二〇〇〇年から、この試合が三月に繰り上げになるそうだ。では三月に帰国するかって？　トンデモナイ。

この本を読み進んでもらえばわかると思うが、自分の人生（後半生）は、自分の立てた優先順位（プライオリティー）に従って行動する。

ゴルフは大好きだが、ボクの順位では「健康」より下位である。三月はまだ寒いし、季節の変わり目で健康を害しやすい。シニア・チャンピオンのタイトルは、二回手の届くところまでいったが、武運？つたなく二回とも準優勝に終わった。

仕方がない。You can't have everything である。これも本書にたびたび登場する言葉なので、ぜひ憶《おぼ》えていただきたい。

日本語にしにくい格言であるが、要するに「何もかにも欲しがってはいけない」とか、「あまり欲張ってはいけない」とか、「ゆずる所はゆずるべし」とかいう意味である。

もしこのゴルフ場が永久にこのスケジュールなら、ここを辞めて四月か五月にシニア選手権をやっているコースに入れば良い。こういう発想が正しいと思っている。

春は一ヵ月半ほどしか日本にいない。この間にすることといったら、千葉の仲良しグループでつくっている「ファミリー会」のゴルフ・コンペが二回ほどあるだけである。

この会はユニークで、今までゴルフといえば男性中心、ビジネスがらみの多かった日本で、夫婦や親子、兄弟などファミリー中心で行ってきた。二年に一度海外遠征をし、秋には国内小旅行をする。

後に登場する主治医の若山芳彦医師をはじめ数人の医者が入っているので、病院が休める木曜日に行っている。賭《か》けゴルフなどをせず、罰金（アンダーパーもオーバーパーも取りたてる）を集めて、その金で夕食会を開く。これがゴルフ以上に楽しく、友人の輪がひろがった。このパーティーは各自もちまわりで、時折レストランで行うこともある（第七章扉写真参照）。

あとはテレビやラジオにゲスト出演するか、頼まれたエッセイ類を書くことくらいである。セミ・リタイア以来、レギュラー番組はもたず、ゲスト出演も、ギャラよりも番組の内容で選んできた。

この年齢になっても――というより今やそれが稀少価値なのかも知れないが――出演依頼は後を絶たない。ボクが出ると大体視聴率が上がるのが、ひとつの理由かも知れない。すでに失うものは何もないので、若いタレント相手に言いたいことを言っているのが受けるのだろう。

ボクにとってのメリットはひとつ。たまにテレビに出ないと、各地の「ＯＫギフト・ショップ」〝大橋巨泉の店〟というインパクトが薄れてしまうからである。

それと、今や外国でも日本食は自由に食べられるようになったが、それでもやはり日本でないと、というものもある。行きつけの店でそういうものを十分食べさせてもらって、六月一日までにはカナダに向けて飛ぶ。

カナダの夏の三ヵ月は楽しい

カナダはバンクーバーが本拠地になる。「ＯＫギフト・ショップ」の本店があり、ダウンタウンのマンションの一室をもっている。

ただ近年は、アメリカとの国境を越してすぐのゴルフ場の中に建てた「サマーハウス」で過ごすことのほうが多くなった。五年がかりで植えた植木や野草、春を待って南から飛んでくるハミングバード（蜂鳥《はちどり》）をはじめ多くの小鳥達やリスが待っているからである。

女房と二人で最初にする仕事は、スーパーでの食料の買い出しと、鳥やリスへの餌《え》、そして肥料を買うことと決まっている。オセアニアにはこの楽しみがない。鳥も来るし花も咲くが、ほとんど冬というものがないので、ニュアンスが違うのだ。短い夏を精一杯生きようとする小動物や植物をいとおしむ気持は、精神衛生上たいへんよろしい。

もうひとつ、ここでしか楽しめないのが、ベリー・ピッキングである。日本でベリーといえば、ストロベリー（苺《いちご》）くらいだが、カナダはまさにベリー王国である。サマーハウスやゴルフ場のまわりの繁みには、各種の野生のベリーがひそんでいる。

まず六月はサーモンベリー（野生のラズベリー）で、黄色や赤の色は美しいが、あまり甘くはない。しかし摘《つ》んできて、アイスクリームやフローズン・ヨーグルトの上に乗せて食べるとおいしい。

七月は野いちごと、デューベリーのシーズンだ。後者は日本の桑《くわ》の実に似ていて、小さいが甘くておいしい。ただ地面を這《は》うように繁るので、探すのがたいへんで腰が痛くなる。もちろんブルーベリーもたくさんあるが、さすがに野生のものは少なく、農場にピッキングに行ったほうが早い。

そして八月は待望のブラックベリーが食べごろになる。これは数時間でバケツ一杯とれるくらい豊富だが、ほんとうに熟していないものは飛び上がるほど渋いので選果には熟練を要する。それとつるには鋭いトゲがあるので注意が肝要。たくさんとれたときはパイにしたり、ジャムをつくったりする。

楽しい夏の三ヵ月はまた、意外に忙しいシーズンでもある。

「OKギフト・ショップ」の社長業は、本社があるだけに特別多い。旅行関連各社をはじめ、日本企業の支店の皆さんとの交流や情報交換、さらに地元のコミュニティーとの交遊も欠かせない。バンフ、ナイアガラ各支店長をバンクーバーに呼んでのマネジャー・ミーティングを筆頭とする、わが社内部の仕事も結構多い。支店に出張すると、五日から一週間滞在して、従業員の慰労や、地元関係者との交流を果たす。

楽しみとしてはバンフでのゴルフと釣り、ナイアガラはゴルフの他に、トロントでのアンティーク探しもある。そして必ずスカイ・ドームで、トロント・ブルージェイズの野球を見に行く。ボクはここで、ロジャー・クレメンスの快速球や、ホセ・カンセコの大ホームランを見ている。

秋の日本は忙しい

八月末から九月にかけては、そのままカナダにいる年と、オーストラリア経由で日本に帰る年とあるが、いずれにしても帰国は九月中旬と決めている。残暑もしのぎやすくなっているころ、というのが狙《ねら》いである。

秋の日本は忙しい。まず春にはない、NHK衛星放送のアメフットの解説がある。一〇月と年末のテレビのスペシャル番組への出演依頼がある。そして季美の森CCのクラブ選手権、真名CCのシニア選手権といったゴルフの試合も待っている。

以前はプロゴルフのプロアマ・トーナメントの出場も多くあったが、今は「伊藤園レディース」ひとつにしぼっている（何年かに一回はダンロップフェニックスに行くと思うが）。これが終わった一一月中旬のある日、ボクら夫婦はオーストラリアに向けて飛び立つのである。

生きるうえでの優先順位

さていよいよ本論に入るのだが、その前に先程触れた優先順位を書いておきたい。

まず第一は「健康」である。人生全般にわたっていえることだが、特に体力の落ちてくる「後半生」においては最重要である。たとえ巨億の富をもっていても、寝たきりでは何のためのリタイアかわからない。次章で詳述するが、「禁煙」「節酒」「運動」「バランスのとれた食生活」などは欠かせない。

第二は「妻」（またはパートナー）である。一人で過ごす後半生ほど淋しいものはない。これも後述（第六章）するが、妻との折り合いが悪い人は「すぐにでも離婚してから」、このあとを読んで欲しい、と思うほど重要なことだ。

ついで友人、そして妻や友人達と楽しむ「趣味」がくる。ボクの場合、ゴルフ、釣り、ジャズ、読書、旅行、アンティークと比較的多いほうだが、最低ひとつやふたつないと楽しい後半生は望めまい。

最後に、常にアップ・トゥ・デイトな興味をもちつづけること。これは経済的にももちろん、精神的に老けこまない秘訣《ひけつ》である。ボクの場合、どこにいても朝のテレビニュースを見たあと、ローカル新聞と「USA-TODAY」を読んでからでないと一日は始まらない、ことになっている。

第一章　セミ・リタイアは積極的生き方

オーストラリア・ゴールドコーストの
自宅の台所で寿司をにぎる

セミ・リタイアのきっかけ

誰だって若いうちは、リタイアなんて考えまい。ボクだって例外ではなかった。夢中で働いてきて、ある程度生活に余裕ができたのは三〇代も後半になってからである。

だからそんなある日、カナダの友人から「リタイア」という言葉を聞かされたときも、ただぼんやり「そんな言葉もあるんだなあ」と感じただけであった。

その人はビル・オアさんといって、カナダのバンクーバーでのショッピング・センターの開発で巨万の富を築きあげた人である。彼とはハワイのホノルルで知り合ったのだが、カナダが寒い冬の間はここに住んでいるという。カラカウア通りの一等地のマンションの一室をもっていた。

翌年の夏カナダを訪れたわれわれは、彼の本宅に泊めていただいたが、それは小さなひとつの島で、本土?とは専用のフェリー・ボートでつながっていた。島には大きな船付き場があり、そこには七八フィート（約二四メートル）の大きなクルーザーが繋《つな》げられており、翌日はそのボートで、対岸の州都・ビクトリアまでクルージングにつれて行かれた。ベッドルームが三つあり、ダイニング・ルームまである豪華クルーザーの旅は快適だったが、その食堂でディナーを食べながら、ビルはこういったのである。

「ボクは今五〇歳だが、四〇歳でリタイアしようと思えばできたんだよ。でもあまり早くリタイアするると、ボケるのも早いっていうから……」

ボクがこの言葉の真意を理解するのに、あと数年を要した。

無理もあるまい。日本人の認識からすれば、リタイア＝引退というのは第一線をしりぞくというネガティブなイメージしかなかった。

ところが欧米では、若く引退できればできるほど、「成功者」というレッテルなのである。したがってビルは多少の自慢をこめてそういったはずだから、ボクの無反応は彼のプライドを少々傷つけた可能性がある。ボクはただ「そうですか」（イズ・ザット・ソー）といっただけだったから。

もちろん心のどこかでは「こんな生活（夏はカナダで冬ハワイ）ができたら良いだろうなあ」という感想はあったのだが、それはその時の状況では〝夢のまた夢〟であった。

ジョン・ワイツのアイディア

同じころボクには、アメリカ人の友人もできた。覚えておられる読者もいよう。七〇年代に日本でもたいへん人気のあった男性ファッション・デザイナーの、ジョン・ワイツである。

当時ジョンは、帝人と大丸と契約を結んでおり、定期的に来日していた。そしてボクがホストをしていた「金曜イレブン」には、ファッションのコーナーがあり、そこに彼が出演するようになったのである。毎年、春秋二回会ううちに、だんだん親しくなった。彼の家族をボクの家に招待したり、ボクら夫婦がニューヨークへ行ったときは、運転手つきのリムジンで空港まで迎えにきてくれたりするような仲になって行った。

彼のオフィスはマンハッタンの中にあり、自宅はジョン・レノンが暗殺されたダコタ・ハウスからそう遠くない、超高級マンションであった。マンションといっても中で迷子になるくらい広く、住人はすべて億万長者であろう。

「しかし」とジョンは言った。「ボクら（奥さんのスージーは往年のハリウッドの美人女優）は金曜の午後から、月曜の午前中まではここにいないのさ。ロング・アイランドの港町にキャビンがあってね。週末は夫婦二人きりでそこで過ごす」

キャビン（CABIN）を英和辞典で引くと、「小屋」などと出ているが、この場合は誤訳である。欧米人は、別荘のことをよく「キャビン」というのである。夏行く所を「サマー・キャビン」、スキー場にあるのを「ウィンター・キャビン」などという。だまされてはいけない。行ってみると、たいていは豪邸である。

一週間を二つに分けて暮らす理由をジョンに質《ただ》すと、それが彼の仕事を支えているという。つまり大都会ニューヨークのまん中に住み、しかも仕事場もそこにあると、〝大都会マインド〟になってしまい、袋小路に入ってしまう。

しかし週末の約三日、田舎の港町に夫婦二人きりで、つき合いも田舎の人に限ると、まったくリフレッシュされてニューヨークに帰ってくるという。「これが、新しいアイディアを生むのさ」このアイディアはのちに頂戴《ちょうだい》することになるのだが。

もうジョンとは一五年以上会っていない。名前も聞かなくなったので、おそらくリタイアしているのだろう（彼は七〇歳台の中ごろのはず）。きっと美人の奥さんと二人で、港町で仲良く暮らしていると信じている。

ビル・オアさんとジョン・ワイツ、この二人の北米の友人が、ボクのその後のライフ・スタイルに大きな影響を与えたのはまちがいない。時代的には一九七〇年代の前半であり、ボクが四〇歳になろうとしていたころである。

七〇年前後の日本は高度成長期

日本経済は高度成長を続け、国をあげての「生産、生産」「輸出、輸出」であった。結果、国はどんどん富み、人々の生活水準も上がって行ったが、一方では公害を生み、都会の空気は汚れに汚れ、東京湾の魚はまったく食えなくなった。当時はまだ羽田が国際空港で、ボクたちがカナダやハワイから帰ってくると、飛行機からひどいスモッグが見えた。空港のロビーを出ると、二人とも咳《せき》が止まらなかった。

ずっと国内にいた人々とちがって、年に数回テレビの取材で海外へ飛んでいたボクらには、公害の恐ろしさは巨大であった。ボクは「月曜イレブン」でこの公害問題を何回か取りあげたが、時の流れには敵《かな》わないと感じた。そこで妻の寿々子《すずこ》と、一生を賭《か》けた話し合いに入ったのである。

一生を賭けた話し合いとは

まず人類はまちがいなく破滅への道を歩んでいるということ（この考えは現在も変わっていないが）。止まるところを知らない人口増加と、それに伴う生活廃水や産業廃棄物による汚染は防げまいと考えた。人間の欲望に限りがない以上、理性に訴えても限度がある。私達――それに気がついた人間は、対抗策を考える必要がある。

ひとつは汚染――公害の及ばないところに移住するという自衛策、もうひとつは身軽に移住できるように子供をつくるのをやめる（暗い未来しか待っていない子供がかわいそうという意味もあった）ことであった。

ひとつ目は女房も、意外にあっさりと同意してくれた。ボクと同じ東京の下町に生れ育った彼女は、地方にゆくことには抵抗があったはずだが、あの羽田空港での咳こみがつづいた結果、母親と同居することを条件にOKしたのである。

ふたつ目はそう簡単ではなかった。二度目の結婚で、別居しているとはいえ二人の娘をもっているボクと違って、彼女は正真正銘の初婚であった。したがって当然ボクとの間に子供を期待していたし、事実世田谷に最初に建てた家には、子供部屋をつくったほどである。彼女は何日も悩んだし、二人で何回も話し合った。そして遂に彼女は同意したのである。キーになったのは、これからどんどん海外に出かけてゆくボクと、いつでもいっしょにいたいから、という理由だったようだ。ボクと結婚して数年、北米で知り合った友人たちが、みな夫婦単位だったことの影響が大きかったと思う。

寿々子は幼児に小児リュウマチを患い、心臓の弁のひとつに欠陥があるので、避妊ピルは心臓に良くないといわれた。ボク達の仲人をしてくれた、産婦人科の権威、杉山四郎医博の忠告である。そしてボクのほうが、いわゆるパイプカットの避妊手術をうけることになった。杉並区和泉で杉山産婦人科を開業する杉山先生一家とは、子息の彰君（残念ながら夭折《ようせつ》した）を通じて、家族ぐるみのつき合いだったので、手術は簡単に、そして快適に完了した。

そして第一の布石、〝東京脱出〟が始まる。

まず東京脱出

ボク達夫婦が、折角三年前に建てた成城近くの新居を売って、静岡県伊東市に移住したのは七四年の八月のことだから、もう四半世紀も前の話である。先程書いた、女房との話し合いは七二年にもたれたものだから、自宅の売却や土地探し、建築などに二年近くかかったわけだ。

七四年といえば石油ショックの年であり、セメントやガラスなどが入手困難で、家の完成が大幅に遅れてしまった。それでも八月には、伊東市郊外のサザンクロスカントリークラブの近くの丘の上に、鉄筋コンクリートの家を建てることができた。

この時ボクは三九歳になっていたが、心の中にはアーリー・リタイアメント（早い引退）へのブループリント（青写真）が描かれていたといってよい。それはまだ詳細なプランにはなっていなかったが、これから行うことは、すべてその方向に添ったもの、という決意はあった。

最近よく人に聞かれることではあるが、リタイアの候補地は、その人の仕事や趣味によって、それぞれ異なって良いと考えている。ボクの場合は、あくまでゴルフという魔性の女にひっかかってしまっていたので、ゴルフに適した気候とゴルフ場のそばということがいつでも決め手になっている。

まずはジョン・ワイツにならって伊東に居を移し、週のうち三日は仕事をせずここで過ごす。残りの四日は東京に出て仕事をこなす。ただし東京にも家があると徹底できないので、ホテルオークラの居住者用スイートを長期契約で借りた。ボクの部屋の向いが、佐藤栄作元首相の部屋であった。

「金曜イレブン」から「月曜イレブン」まで働いて、火曜の朝の新幹線に乗る。三日間、ゴルフや釣りをして過ごし、金曜の午後の列車に乗った時には、心身ともにリフレッシュされていた。

ジョンの言葉は正しかった。この程度の才能にしか恵まれなかったボクが、テレビ界であれだけの成功をおさめることができたひとつの原因は、ここにあったと断言しても良いと思っている。ボク達はこの伊東市に、計一八年も住むことになる。

巨泉になりたい人へ最初の忠告

ここで「巨泉になりたい人」に、最初のアドバイスを送る。それは人は誰でも老いるという真理に始まる。昔は老いて仕事から離れた人を「隠居」と呼び、せいぜい孫の相手をするくらいの存在であった。しかもこういう年寄りの存在は、非常に少なかった。人々はだいたい五〇歳台で死んだからである。

それが今や人生八〇年の時代になった。二〇歳までは子供として、あとの六〇年間の、約三分の一から半分という長い時間を、貴方はどうやって過ごすつもりですか？　孫の相手をするのですか？　粗大ゴミのように扱われて、どこかの隅で日蔭者のように生きるのですか？　それで満足という人は、これから先は読まなくて結構です。

仕事は手段、目的は後半生

億万長者の家に生れたといった、よほど恵まれた出生の人でないかぎり、皆誰でも若いうちは働かなければならない。必ずしも自分のしたいことをして、生計を立てるというわけにも行かない。食うためには、やりたくない仕事もし、家族を養ってゆかなければならない。

今までの日本人の多くは、仕事こそ人生のすべてと考え、会社こそ自分を生かしてくれる唯一の存在としてきた。わが国独特の終身雇用システムが、それでなくても農耕民族的保守性に拍車をかけてきたともいえる。だから昨今のようにリストラされたり、定年を迎えたりすると、茫然自失して積極性を失い、定年離婚されたりしてしまう。もっとひどい場合は、自殺してしまうケースもしばしばあると聞いた。

もし仕事や会社が自分の生き甲斐《がい》だとしたら、目的を失って死を選んだとしても、必ずしもその人を責めるわけには行かない。

ここで発想の転換をしていただきたいのだ。若いうちの仕事や会社は、あくまで人生におけるひとつの手段であり、究極の目的は「定年後の後半生」であると。

前述のように、前半生はなかなか自分の思いどおりには行かない。しかし、リタイア後の後半生は、自分で演出できる。ただし漠然と暮らしていたのでは、自分の演出による、すばらしい後半生は期待できない。そのためには「準備」が必要であり、前半生の「仕事」や「会社」や「趣味」は、すべてその準備だと考えるのだ。

会社にしがみつく日本人、若くて退けば尊敬される北米

ボクは欧米（主として北米）の友人との交遊を通じて、彼我の落差の大きさを痛感した。

日本では、必死に働いて、課長、部長と昇進し、何とか社長になったとする。そうしたら次は会長になり、更に名誉会長のタイトルをもらい、相談役になっても何とか会社に残りたがる。引

退すると業界から相手にされなくなる。だから何とか地位にしがみつこうとして、老害国になり下ってしまった。

自営業でも、なかなか社長をやめない。ボクの友人にもいるが、「まだまだ息子では、銀行がウンといわない」とか言って得意顔である。ましてや一代で築き上げた会社を他人に売ってしまうなど、ほとんどあり得ない話だ。

北米は全く逆。ボクが一七年間冬の間を過ごした、ハワイのマウイ島の高級避寒地に住んでいた人々のほとんどは、自分の会社を五〇代で売った人々（ないしは息子に譲《ゆず》った人）であった。これが早くできればできるほど成功者とうらやまれるのである（前に書いたビル・オアさんの「四〇歳でリタイアできたんだが……」を思い出してください）。

太平洋のこちらでは、軽視されたくなくて老齢まで地位にしがみつき、あちらでは若くして引退すればするほど敬意を表されるのだ。この発想の違いを、一日でも早く身につけたものが勝ちだと、ボクは固く信じている。

ただし、「ローマは一日にして成らず」である。準備をするにしても、優先順位があるはずだ。たとえば旧日本的順位を、①有名学校に入る、②優良企業につとめる、③社内のヒエラルキーを登りつめる、などとすれば、こちらの順位は大いに異なる。

①まず健康、そのため禁煙

まず①に健康である。どんなに成功し、どんなに富に恵まれても、それでなくても体力の落ちる後半生は、健康を伴わなければ惨《みじ》めである。巨億の富に囲まれて寝たきりの人を知っている。やむを得ない場合もあるが、多くの場合は前半生の不摂生や無理に起因している。

まず百害あって一利のない喫煙を、今すぐやめてください。煙草を吸いつづけたい人は、ここから先は読んでもムダです。先述のマウイ島のコミュニティーのミーティング会場には、灰皿というものがなかった。誰も煙草を吸わないからである。

「なぜだろう?」のボクの疑問に、アメリカのオレゴン州から来た男が、明快に答えてくれた。

幸運は神の恵み、ベストをつくせ

「いいかい。ボク達はラッキーなんだよ。オレゴンは今雨か雪でゴルフなんかできない。それをわれわれは毎日ゴルフをして遊んでいる。ラッキーだと思わないか。それは若いころは働いたさ。しかし同じように働いても恵まれなかった人もいる。途中病気や事故で亡くなった人もいる。それをこの歳まで生きられて、しかもこんな恵まれた後半生が送れるボク達はラッキーなんだ。それを煙草くらいでブチ壊してしまったら、神様に申しわけないじゃないか。われわれもべストをつくして、神様の恩恵に報いるのさ」

キリスト教徒でないボクにも、この言葉は説得力があった。中でも「You can't have everything」には、ひどく共鳴した。そうだ何でも手に入れようとしてはいけないのだ。彼らの考え方の中心には「神との契約」がある。恵まれたキャリア、富、しあわせな家庭を神がくれたとしたら、貧者や弱者への還元（チャリティー）、人に迷惑を及ぼし、健康を害する喫煙の中止などを実行する。これは宗教を離れて、すばらしい考え方である。神様でなくても、御先祖様でも何でもかまわない。

ボクの場合は、五三歳の若さで癌《がん》で逝《い》った母である。母は子宮筋腫《きんしゅ》と診断されたが、放置していたら悪性肉腫に変化して（真相はわからないが）、手術しようとしたら手遅れであった。ボクはセミ・リタイアという目的ができてから、毎年人間ドックに入り、疑わしいところがあれば進んで手術をうけてきた。

詳しいことは次章で述《の》べるが、それは母が自らの生命とひきかえにボクに伝えてくれた「恵み」であり、それに応えることが母との「契約」を果たすことだと信じているからである。

②ともに歩く良きパートナー

健康の次は、パートナー、つまり女房である。健康のすぐれない後半生も惨めだが、たった一人の人生も淋しい。妻はいても気が合わず、ツノつき合わす毎日は暗い。若いころと違って二人きりの後半生だからなおさらである。現在独身の人は、一日も早く良きパートナー（必ずしも妻とも異性とも限らない）を見つけること。妻はいるが折り合いの悪い人、将来も人生を頒《わか》ち合える希望のない人は、即離婚すべきである。そして後半生をともに歩ける人を見つけてください。

一回の結婚で生涯のパートナーに恵まれるというのは、非常に幸運なことだと思う。ボクが人生の師と仰いだ山口瞳先生は、そのラッキーな一人だが、人生八〇年の現代ではますます不可能に近くなってきた。

例のマウイ島のコミュニティーでも、現在のゴールドコースト（オーストラリア）の居住地でも、再婚者が圧倒的に多いことが、如実に物語っている。やはり若い時はリビドーにつき動かされるから、後半生のことなど考えずに結婚してしまうケースが多い。また日本には、政略結婚やそれに近いケースの婚姻《こんいん》もあるので、うまく嚙《か》み合わない夫婦が多くてもしかたがない。女房との接し方については稿を改めるが（第六章）、少なくとも長い後半生を二人だけで歩める可能性がないと考えたら、セカンド・チャンスを求めるべきである。

③やりたいことを見つける

第三は、自分のやりたいことをしっかり見つけることである。これも第五章で述べるが、ボクのケースのように、若いころは趣味をできるだけひろげて、徐々に淘汰《とうた》して行って、二つか三つにしぼるというのは、相当有力なやり方だと思う。とにかくこれがないと、後半生は味気ないものになってしまう。生き甲斐のない人生は無意味である。

二つか三つと言ったのは、いわゆる「晴耕雨読」の意と、万一体力的につづかなくなった場合に備えて、必ずしも体力を必要としないものも用意しておいたほうが良いという意味もある。

家族計画をどうするか

第四はファイナンス（財政）で、これはある意味では最重要でもあり、優先順位というより、この四つが不可欠の条件というべきであろう。

財政はまず家族計画から始めたい。子供はつくらないか、つくっても、できれば三五歳までに完了すべきである。なぜなら、四〇歳以後に子供ができると、引退後にまだ親がかりの子供が存在することになり、経済計画に支障を来たす可能性が強くなる。その意味からも、再婚組は子供をつくらないほうが良いと思う。ハワイやゴールドコーストでボクのまわりにいる再婚組で、リタイア生活をエンジョイしている人達のほとんどすべては、子供がいない。その代り最初の結婚での子供は例外なくいるし、夫婦双方に子供がいるケースもある。

最も要注意のケースは、五〇代から六〇代の男性が、若い女性と再婚した場合である。こういう女性のほとんどは子供を欲しがる（逆に六〇代、五〇代同士の再婚にはその心配はない）。男性は六〇代でも立派に授精能力があり、女性が若いと出産の可能性が高い。

ボクの友人で、現在七〇代なかばの白人がそのケースで、六〇代で三〇代の女性と再婚して子供ができた。非常にリッチな人で、経済的にはまったく問題なかったが、ゴルフ場の中に住んでいると、子供の成長につれて通学の問題が生じる。良い学校の近くに、奥さんの意志で引っ越しをしてしまった。

毎週二、三回、われわれ仲間とゴルフをしていたのだが、二回になり一回になりで、ここ二、三年はほとんど顔を見せなくなった。やはり三〇分運転して来るのは面倒だろうし、たいへん酒好きの男だけに、帰りの運転が問題になったのだろう（ここに住んでいればゴルフカートで往復できる）。先日街で久しぶりに会ったが、すっかり老けこんで、ノロノロと歩いていた。これなどは優先順位をまちがえた典型的な例と言えよう。

ペットは必需

動物好きの人には、ペットは必要だと思う。まわりの人を見ても、ほとんどの人は犬か猫を飼っている。夫婦二人きりの生活の潤滑油《じゅんかつゆ》にもなるし、犬なら防犯にも役立つ。われわれ夫婦のように、年間四回も住居を変えるものはペットを飼えないが、集まってくる野生動物（鳥やリス）との接触でそれに代えている。

女房が超のつく動物狂なのだが、オーストラリアではマグパイ（白黒のカラスの一種）やオスプレイ（トンビの一種）が庭に来てエサをねだる。カナダの家の裏庭には、野鳥用のフィーダー（エサ台）が林立し、少なくとも十種類以上の鳥達がやってくる。白眉《はくび》はやはりハミングバード（蜂鳥）で、翼をはげしく動かしてホヴァリングしながら蜜を吸うさまは、いつまで見ていても飽きない。鳥の他にリス類やスカンクなども来て、目を楽しませてくれる。

ニュージーランドには雀しか来ないのだが、ここはもっと楽しみがある。実は隣の家が犬、猫、ウサギを飼っていて、女房はすかさず犬と猫を手なずけた。ボクはウサギで、毎朝新聞を取りにゆくとき、「ココ」と名前を呼んでやると、オリの中でとび上って喜こんで近づいてくる。つんできた野草をやると、飽きずに食べてくれる。かわいいものである。

日本では千葉県の地方都市に家があるが、雀の他にヒヨドリが毎日来る。女房はそれに飽きたらず、近所の犬の散歩をボランティアでしている。動物との交遊ほど心をなごませてくれるものはない。よほどの動物嫌いの方以外は、やはり動物を飼うことをすすめる。

④財政計画は早く始めるほど有利

さて財政計画であるが、これは早く始めるに越したことはない。一応六〇歳でリタイアするとして、四〇歳で始めて二〇年、三〇歳からやれば三〇年の時間がある。投資などの面から考えると長ければ長いほど有利だ。ボクは四〇歳くらいで準備をはじめたが、近年の北米のビジネスマンなどは三〇代でスタートする人が多い（豪州の最近著では二五歳と書いてあった）。

余談になるが、アメリカの株価がいつまでたっても下らない秘密はこの「大衆の投資」に支えられているからだと思う。日本では株式取引というと、「投機」というニュアンスが強く、また配当も少ないので、どうしても売買による利ザヤ稼ぎになってしまう。したがって相当まとまった資金をもった一部投資家が主になる。

しかし北米の場合、今や直接、間接（投資ファンド等を通じて）を問わず、一般大衆の株式投資は常識になっている。彼らは売買による利ザヤ稼ぎよりも、配当をもらいつつ将来性のある会社の株を増やしてゆき、将来のリタイア時の財産としているので、なかなか売らないのだ。そこで「第二のブラック・マンデー」を危惧《きぐ》する声をよそに、ダウ平均は一万ドルの大台を超えて、さらに伸びつづけているのである。

夢のリタイア三条件

三〇年近く前に、カナダのビル・オアさんから、完全なリタイアの条件を次のように教わった。

①自分達の名義の住宅（収入に応じてだが、できれば別荘と二軒）

②百万ドルの現金（もちろん銀行預金で良いのだが当時のレートで二億円以上だったので、到

底かなわぬ夢と思った）

③長期的な投資（これはビジネスでも証券でも良いが、できれば日銭が入る前者のほうがベターと彼は言った）

断わっておくが、これはボトムライン（最低線）ではない。完全な、つまり夫婦二人である程度の贅沢《ぜいたく》を楽しみながら過せるリタイアメントの条件なのである。解説する。

温暖な地に持家を

①家賃を払っていては安全なリタイアはできない。完全に自分の家、それも老後は気温の激変を避けたいので、気候の温暖な土地が良い。条件が許せば彼のように、バンクーバーとホノルルと夏・冬用に二軒もてば理想的だがと言っていた（ただしこの場合は、留守中のセキュリティーが完全であることが必須）。

家に関して徐々にわかってきたことは、元来遊牧民族であったアングロサクソンと、典型的農耕民族の日本人との歴然たる認識の差である。日本人は家というと動かし難《がた》いものという感覚をもっており、何かの事情がなければ移住はしない。ボクの周囲にも、生れてからずっと同じ家に住んでいる人が多勢いる。

一方、彼らは移住することが当り前という感覚である。北米やオセアニアでは、「FOR SALE」（売り家）の看板が、あらゆるストリートに見られる。オーストラリア人が同じ家に住む平均は三年だそうだ。こういう感覚を理解しないと、次に進めませんよ。

まず家を買うときに、最初に考えるのは「売ること」（！）である。もちろん住みやすさとか、通勤や通学に便利とか、いろいろ条件はあっても、「売りにくい」家はダメである。現在われわれが一番長く住むゴールドコーストで、日本人の建てた家が売れなくて困っているという話が多い。要するに自分達の住みやすいように建ててしまって、オーストラリア人が買わないのである。

このように外国に住むような人でも、感覚の違いで、つい「終《つい》の住み家」的な建て方をしてしまったのだろう。

住宅は投資、将来発展する地区に

まず住宅も投資のひとつという認識をもつべきである。

欧米には「ファースト・バイヤーズ・ホーム」という言葉がある。結婚して親元をはなれ、最初に買う家という意味だ。そういう若いカップルにも購入可能な、比較的廉価《れんか》な家である。北米で一千万円台、オセアニアで数百万円と思ってください。

現代のスマートな（頭が良いという意味です）若者達は、まずこの家の選び方から慎重だ。前述の使い勝手などの条件もさることながら、その地区（安いから当然都心から遠い）の将来性ということを第一に考える。同じ遠くても、交通や安全性やいろいろな条件から、将来発展する地区と、逆に人気が下ってしまう（スラム化してしまう所さえある）場所とある。スマートなカップルは、数年住んで子供ができ、もう少し大きな家に移るとき、すでに何割かプラスになっている。

ボクの知っているカナダ人で、最初に家を買ってから二五年後に、ほとんど資金を足さずに、都心に近い豪邸に住んでいる夫婦がいる。彼によると前記の条件の他に、住宅ローンの金利が低い時を狙って長期ローンを組むとか、まさに財政マネージメントをしている感じであった。したがって、前にも書いたように、長い時間をかけてのプランニングが必須となるわけである。

②のキャッシュ百万ドルの話は、すでに過去のものと言えるかも知れない。七〇年代から八〇年代にかけては、今とは比べものにならない高金利時代で、定期預金の利率はほとんど二桁《けた》であった。たしか八〇年だったと思うが、カナダで年二〇％の時さえあった。たとえば一億円を定期預金に入れると、年二千万円の利子がもらえるわけで、これなら利子だけで夫婦二人十分贅沢《ぜいたく》にくらせる。しかし今や低金利時代だし（これからはむしろ上ってゆくと思われるが）、定期預金に頼るのはあまり賢明なやり方ではないかも知れない。

今や②と③を賢明に使いわけてゆく時代だと思う。

若きアメリカ人カップルの財テク例

これは数年前、あるアメリカ人カップルから聞いた話である。三〇代なかばのこの夫婦は小学生の子供が二人、もちろん共働きである。二人の年収を、わかりやすく100とする。そのうち生活費、子供の養育費（これに塾などの費用が余計かかる日本人は不幸）、住宅ローンの残りなどを引いて、40残ったとする。そのうち15を元本保証の安全な定期預金とする（これも利率の高い時に長期に入れ、安い時は他にまわす）。次の15を比較的安全性の高い投資ファンドに入れる（定期より率は高いが、それでもリスクはある）。そして残りの10を、いわゆるハイ・リスク、ハイ・リターンのファンドやボンドにまわす。

もちろんこれはかなり大雑把《おおざっぱ》に書いたのであって、この夫婦の緻密《ちみつ》な財テク・プランは、ボクのようなロートルにはちょっとついてゆけないほどのものだった。一見、それでなくとも忙しい生活のなかで、そこまでしなくてもと思うかも知れないが、語る彼らの眼は輝やきに満ちていた。

「今が目的じゃないんだ。われわれはまだ始めたばかり。二〇年先のリタイアメントこそが目的なのだから」

そう！　部長になることも、事業に成功することもすべては単なる手段、目的はあくまで一日も早いリタイアメントなのです。賛成の方は先を読んでください。

第二章　巨泉の核ができるまで

恩師・木村毅先生（右から３人目）
・同級生と　成田空港にて

前章の引越しの話だが、ボクは引越し大好き人間である。今までに住んだ家が二四軒というのは、日本人としては多いほうだろうし、その間に転勤とかは皆無だから、二〇回は自分の意志で引越したことになる。ボクは自ら「騎馬民族の末裔《まつえい》」と称しているが、そういう意味では西欧人に近い感覚なのかも知れない。

皇国史観がひっくりかえる

ただ現在のボクのような人間が形成されるについては、一九四五年八月一五日が大きなインパクトを与えている。

この時ボクは疎開先の千葉県・横芝小学校の六年生であった。隣のラジオ屋に人だかりがしていて、何やらお経のような声が雑音とともに聞えていた。立ってそれを聞いていた見知らぬオジさんに、

「ねえ、何があったの？」と聞くと、

「うるさいな。戦争負けちゃったんだよ」と言われたのを憶えている。

すぐに家に帰ると、父はにこにこしていて、

「やっと終った。これで死なずに済んだ」と喜んでいた。

この父は一八九九年生れだから、この時四五歳、このあと約半世紀を生きて九四歳の天寿を全

うしたのだから、あの言葉はまさに正鵠《せいこく》を射ていたわけだ。

生家が貧しく、高等小学校卒の学歴しかなかったが、無類の読書家で、相当な知識と教養をもっていた男だった。早くからこの戦争は必ず負けると言っていた。戦前からカメラ商を営んで輸入もしていたので、外国の事情もわかっていたようで、「自転車の国が自動車の国と戦争して、勝てるわけがない」が持論であった。

一方のボクは皇国史観を叩きこまれた、文字通りの皇国少年で、早く大きくなって兵隊さんになり、天皇陛下のために死ぬんだと真剣に思っていた。したがって担任の先生が出征先で直撃弾を喰《くら》って亡くなったとき、父は、

「かわいそうに、良い先生だったのに、犬死をして」

と言い、ボクはそんな父をはげしく憎んだ。

「犬死じゃない。先生は天皇陛下のために死んだんだ」

と泣きながら殴《なぐ》りかかって行ったボクを抱きとめて、父が、

「そうか、そうか、それならそれで良い。今にわかるさ」と言ったのを、今でも忘れられない。

父は正しかった

それからまもなく、この敗戦の日がきて、ボクは次第に父のほうが正しかったことを知らされたのだ。まもなく始まった小学生最後の二学期、三学期は、ほとんど授業にならなかった。ボク

は中学校の受験勉強のかたわら、なぜこうなってしまったのかを、必死になって解明しようとしていたようだ。

旧制成東《なるとう》中学に一年通ったあと、一家で東京の両国に帰り、そこで日大一中の二年に編入し、そのまま日大一高の高校生になる。

権威の否定から再出発

実は昨年、この高校時代のボクの日記をベースにした『生意気』（三天書房刊）という本が出版され、幸い御好評をいただいたのだが、これを読むとそれまでの三年間が推測できる。『生意気』に見られる高校生のボクは、文字通り生意気で、偽悪家で、すべての権威に反発する少年になっている。

要するに叩きこまれた皇国史観がまったくの嘘《うそ》であり、誤りだったことを知ったとき、すべての権威を否定することからしか、再出発できなかったのだと思う。

今から考えればボク達の同期生は、大日本帝国が最も高揚していた紀元二千六百年（昭和一五年、一九四〇年）に小学校に入り、その帝国が灰燼《かいじん》と帰した一九四五年に、（当時の）義務教育を終えようとしていた、最も苛酷な運命の世代なのだ。ちなみに現天皇は同期生である。

今となっては不可能だが、ボクは一度天皇にインタビューしてみたくてしかたがなかった。彼があの敗戦をどう受けとめたか、敵国だったアメリカの家庭教師のもとで、どうやって価値の転換を許ったか、とにかく興味があった。
ところで昨年、久米宏君が一番インタビューしたい人として、天皇の名をあげたことを知ってびっくりした。久米君にやってもらいたいが、おそらく無理なのだろうね。

父が最も信頼できる存在

閑話休題《それはさておき》、一八〇度価値体系を逆転された大橋少年にとって、今や父の言葉は、身近で最も信頼に足る存在だったようだ。とにかく彼は正しかったのだから。一九四五年三月一〇日の大空襲で家を焼かれて、ボクらの疎開先に帰ってきた父は、しばらくは何もせずにボクと釣りばかりして過ごした。おそらくこの一年の間に、ボクは父にいろいろ質問し、父の人生や仕事、国に対する考え方を吸収したのだと思う。

今から考えると、やはり大正デモクラシーの中で青春を過ごした男だったのだ。驚くほど個人主義者で、信じられない実存主義者であった。成句の好きな人で——ボクと違ってたいへん寡黙《かもく》な男（ボクは饒舌《じょうぜつ》な母の直系である）だったせいか、ポツンと一言で言うのを常としていた。

父の好きな言葉

「働かざる者は食うべからず」というのは、人間は自立が重要ということで、自立していない子供の人格は半分しか認めなかった（ボクは大いに反発したが）。

「上を見たらキリがない。下を見てもキリがない」。これは右顧左眄《うこさべん》せず、自分のペースで生きろということ。

「天上天下唯我独尊《てんじょうてんげゆいがどくそん》」、これは特に好きな言葉だったようだが、とにかくこの世に自分は一人しかいない、一人で生れて一人で死ぬんだと言っていた。

「前世も信ぜず、後世も要《い》らない。現世を楽しんで、お迎えがきたらハイサヨナラ」、まったくの無神論者で無宗教だった（もちろん形式的な仏教徒ではあったが）。

「兄弟は他人のはじまり」——兄弟や親子、親戚は偶然の産物、自分の選んだ妻や友人を大切にすることが、父の哲学の根幹を為《な》していた。

したがって子供の教育はひととおりするが、結婚式をあげ、住む所を与えたらあとは自分の責任において生きろという方針である。ボクは長男で父の〝跡取《あとと》り〟であったが、ジャズ評論家になりたいから家業を継げないと言いに行ったときも、父はアッサリ認めてくれた（母が存命だったら、そう簡単には行かなかったろうが）。

その代り「失敗したと言って帰ってきてもダメだぞ。俺は助けないから」と言われた。ボクは、身をもち崩した父の弟が無心に来たときの対応を鮮明に憶えていたから、「ハイ、わかりました」と答えた。

実存主義に共鳴

のちに早稲田大学に入ってから、当時の学生なら誰でもそうしたように、ボクはサルトルやカミュを読んで、実存主義に共鳴して行ったが、ある時フト気がついた。父が言っていたことは、実に実存主義だったのだ。自分がノーチョイスでこの世に生れてきた不条理を解決するには、自分は自分の思うとおりに生きなければならない。

「天皇陛下のために死ぬ」ことが誤りだったのと同様、「学校の単位をとるために、無用の授業に出る」ことも、「会社のために働く」ことも、「国のために尽《つ》くす」ことも決してすまいと誓った。こうして、非常に個人主義的、実存主義的人間が形成されて行ったのだが、この間に父以外にボクに強い影響を与えた、三人の人物について触れておきたい。

強い影響を受けた三人の師

一人は高校の前田先生

まずは『生意気』に詳述した、高校時代の恩師、前田治男先生である。復員者で、戦争ですべての身寄りを失い、学校の屋根裏部屋に住んでいたこの国語教師の存在がなかったら、今日の大橋巨泉は存在しなかったはずだ。

この先生からは、反戦思想と、権力への懐疑を吸収した。非常にリベラルな人で、日本のつめこみ教育には反対で、宿題など出さず、自由に勉強することが大切だと教えられた。学校の勉強と、俳句や演劇をすることを、同じように重要だとする先生の考え方に、どれ程影響をうけたことか。

リベラル同士で父とはたいへんウマが合った先生だったが、個人的にボクには「親のスネはかじれる時にかじっておけ」とけしかけてくれた。勉強したくてもできない教室と、興味のない理数系のツメコミにイヤ気がさして退学寸前まで行ったボクを翻意させたのも前田先生であった。この先生がいなかったら、ボクは大学へもゆかず、下町のおもしろいオッサンで終わったと思う。

木村毅先生に反権力を学ぶ

早大では「新聞文章論」の木村毅先生に最も影響をうけた。

教室にいるより麻雀屋にいるほうが多かったボクだが、木村先生の講義だけは欠かしたことがなかった。よく質問したりしたので憶えておられたようで、後年先生が新聞や雑誌に、「あのサボリ屋の大橋巨泉君も、ボクの授業は休んだことがなかった」とお書きになっていた。

先生は、閔妃《ミンピ》殺害事件などを例にとって、権力の欺瞞《ぎまん》、軍部の独走を許したのは、実はジャーナリズムが迎合してしまったことが大きかったと説いた。ジャーナリズムは常に権力の反対側にいなければならないことを、ボクが（落第生だったにもかかわらず）終始貫けたのは先生のお蔭である。

学の独立を謳《うた》い、野党精神が売りものだった早大が、江沢民氏の講演を聞きに集まった学生のリストを、警察に提出している現況を、木村先生は草葉の陰からどんな思いで見ておられるのだろうか。

山口瞳先生に物事の二面性を教わる

そして最後が作家の山口瞳先生である。先生とは競馬や将棋を通じて知りあったのであるが、そのころはタレントとして売り出し中で、つい強者の論理をふりまわすような物言いをしていたボクであった。

そんな時ある対談で、ものごとには必ず両面があること、強者の論理があれば必ず弱者の論理があると言われた。勝った側から見た見方と、負けた側から見た見方が二つある――これはボクにとって鉄槌《てっつい》で頭部を強打されたようなショックだった。まさに目からウロコが落ちるとは、このことだろう。もしあの夜のことがなかったら、ボクは一生強者の論理でものを律する、ハナもちならない人間で終ったかも知れない。

あのあと、ボクは常に「物事を両側から考える」ように努めてきたし、一生そうありつづけたいと願っている。残念ながら先生は癌《がん》に倒れたが、勝手にそのあとを継いだ気持になって、「週刊現代」にコラムを連載している。

少年時代から本を読むことが好きだった

われわれはまったくの活字世代であるので、知識や教養はほとんど読書を通じて得た。また特に父が読書家だったゆえか、ボクは少年時代から本を読むことが好きであった。

小学校四年生から眼鏡のお世話になった近視体質だったが、これがより進んでしまったのは、戦争後期の灯火管制による暗い灯の下での読書によるものではないかと思える。

しかしボクは読書をやめなかった。ボクはたった一人で見知らぬ土地の学校に入ったので、疎開先でいじめに会い、心から話し合える友達もほとんどいない状況で——しかも父は東京にいてあまり話せなかった。本だけが語り合える友であり、教えてくれる先生だった。

今から考えてみると不思議で、小学校高学年のボクに、父の蔵書を理解する能力はなかったはずだが、ただひたすら本を読むことで自分のアイデンティティーを保持しようとしていたのではないかと思う。

戦争が終って東京に帰り、中学から高校に進むころになって、ボクは再び父の本棚から小説を借りて読み出した。今度は相当理解力を伴っていたし、わからない所は前田先生が教えてくれた。不思議なもので、ほとんどの本は千葉県の疎開先の横芝ですでに読んでおり、読み進むうちに確かなデジャヴー（既視感）があったのを憶えている。

漱石に夢中、芭蕉に「平易に叙す」を学ぶ

何よりも夏目漱石に夢中になった。文章の巧さ、豊かな構成力、ストーリー・テリング、あふれる知性など、惹《ひ》かれるところは多かった。しかし何といっても漱石の作品（特に「こころ」「三四郎」など）に流れる、東洋的諦観《ていかん》が、ボクの心をとらえた。欲しいものがほとんど手に入らない物資不足の時代、きびしい家庭状況の中で、漱石がどれほど心の支えになったか、計り知れない。

次に松尾芭蕉である。両国に帰ると、近所のメリヤス屋さんが俳句をやっていて、句会に誘われた。安川さんという人で、摑雲《かくうん》という俳号をもっていた。虚子の「ホトトギス」系の「山彦」という俳誌の同人であったが、やさしい人で、ボクは俳句の世界に入ってゆく。

実は巨泉というのは俳号で、前出の『生意気』によれば、一九五〇年にはすでにこの名前を使っていたとあるから、すでに半世紀の歴史をもつ名前なのである。当時近所の文学青年（少年？）たちが「彗星《すいせい》」という、ガリ版刷りの同人雑誌をやっており、ボクは誘われてその同人になる。

おそらく安川さん宅の句会で会って誘われたのだろう。その「彗星」は、信じられないことに今でも十数冊残っている。劣悪な紙にガリ版刷りだから、判読できない所も多いが、ボクは高校一年生で「芭蕉の芸術観」という大論文？を寄せている。

そのなかでも書いているが、ボクが芭蕉から一番学んだものは、「わび」でも「さび」でもなく、「平易に叙す」ということであった。これはその後のボクの――ジャズ評論家、放送作家、放送タレント、エッセイスト等のキャリアのなかで、いつも心がけてきたことで、現在も少しも変わっていない。

インフォーテイメントという手法

特にこのモットーは、タレントとして番組を司会する時に一番発揮されたと思う。一九七一年、大橋巨泉と「月曜イレブン」のスタッフは、放送批評懇談会から「ギャラクシー賞」をもらったが、その受賞の辞としてボクは言った。

「よく『11PM』は、政治からストリップまでやると言われるが、ボクはストリップを見る人に考えてもらいたくて政治問題を取りあげる。朝日新聞の社説を読んでいる人に対してではない」

この姿勢は、後半の「巨泉のこんなモノいらない!」や「ギミア・ぶれいく」にも受け継がれ、インフォーテイメント（報道と娯楽の合成語）と称した。難解な表現を廃し、データの集積と平易な語り口で、事実を視聴者に提供したつもりである。

ボクの引退後、これは「ニュースステーション」の久米宏、「NEWS23」の筑紫哲也などによって受け継がれていると信じている。

早大「俳句研究会」に入る

もちろん芭蕉からは俳句も学び、摑雲先生の指導のもとに、鋭意「花鳥諷詠《かちょうふうえい》」にいそしんだが、自分では相当巧くなったと考えていた自慢の鼻がへし折られる時がくる。一九五二年になんとか早大に進学できたボクは、「ジャズ研究会」に入らず、「俳句研究会」に入ったのだから、今考えると不思議である。要するにジャズはすでにセミプロ級?と自負し、今さら学生達と研究でもあるまいと思っていた節《ふし》がある。

俳研に入って最初の句会は、一生忘れないだろう。ボクは自信満々、

　水汲みの老僧花へよろめきつ

などの、まさに伝統的花鳥諷詠の数句を出して、他の部員の作品のまわってくるのを待った。順次目の前に現われる他の学生の作品に、ボクはただ啞然《あぜん》としていた。ボクのような伝統俳句もあるにはあったが、相聞句、社会派俳句、さらには無季、自由律まで、まさに種々雑多であった。なかでも、つい近日の早大事件を詠んだ、

　友は警棒の下に倒れた夜、道の上の真赤な火星

という句にはショックを受けた。

俳研の部長は、教育学部の安藤常次郎教授であった。この方は御自分では伝統的作句をなさる

が、学生には自由に作らせた。「早大俳研には、いかなる制約ももうけない」がモットーの、リベラルな先生だった。

無季や不定型に、最初は反発を感じたものの、ボクは次第に相聞句や社会派に惹かれて行った。ちょうど桑原武夫氏の俳句第二芸術論が話題になったころで、それに反抗するようにボクは作句にはげんだ。

まもなく加藤楸邨《しゅうそん》先生の「寒雷」に入会し、まったく「ホトトギス」からは離れてしまった。学生で一番影響をうけたのは、一年先輩の藤井路傍で、この人の瑞々《みずみず》しい感性に強い魅力を感じた。

花冷えや石の円《まろ》さに孤児眠る
薔薇《ばら》に日照雨《そばえ》ショパンの曲が止めば別れる

などは、半世紀近く経った今でも、ボクの脳裏から離れない。路傍が映画「第三の男」のラストシーンに感動してつくった、

雁わたり旅のパイプに火を移す

に感激したボクは、今井正監督の名作「また逢う日まで」を見て、

ガラス越しのくちづけ雪に頰打たれ

と詠み、チャップリンの「モダン・タイムス」を見たあとでは、

秋日豊かに背に受け影のある道化

という句をつくった。俳句とジャズと麻雀と恋愛に明けくれた早稲田の四年間だったが、俳句は大学生活とともに、ボクから離れて行ってしまった。

寺山修司の衝撃

それは四年生で、ボクが俳研の幹事をしていた時に起こった。四月に新入部員の歓迎句会が催された。ボクは絶好調で着々と得点を重ねて行ったが、ボクが選んだ句が披講《ひこう》（読みあげられる）されると、決って「すうず」という、くぐもった声が返ってくるではないか。どんな男だろうと声のほうを見ると、やや不健康な黒い顔をした男で、大きな黒い瞳に特徴があった。やがて「すうず」は東北訛《なま》りで、ほんとうは「修司」であり、姓は寺山であることがわかった。

黒人霊歌桶にぽっかりもみ殻浮き

当時すでに若手ジャズ評論家として売り出していたボクは、ひと言あるべしと思った。

「寺山君、君はどれ程黒人霊歌について知っていますか？　例えばこの句ではどんな曲をイメージしたのですか？」

少々意地悪なこの質問に、若き日の寺山修司は、ボクに逆に質問を返したものである。

「それではうかがいますが、大橋さんは東北のうす暗い厨房《ちゅうぼう》について、どのくらい御存知なのですか？」

このやりとりは結局引き分けに終わったが、作品のほうではボクはこの後輩には到底敵《かな》わないと感じた。寺山はこのあと句会に出てこなくなり、事実彼は短歌のほうに行ってしまうのだが、彼の作品が残したインパクトは大きかった。ボクが早大を中退してから、まったく句作をやめてしまったには、他にいくつかの理由はあるのだが、寺山のインパクトは無視できない。ボクは一生かかってもこの男には敵わないと感じたし、このあと俳句への情熱は急速にしぼんで行ったのである。

のちにお互いに世に出てから、あの時の話をすると、寺山はよく憶えていた。いつか「11PM」で、二人だけで一時間語り合ったことがあったが、ボクにとっても記念すべき番組だった。いわゆる〝天才〟というべき人物であった。

大岡昇平氏の信念に感服

世に出てから影響を受けた人物としては、山口瞳先生についで大岡昇平氏をあげたい。第八章で述べるが、今の女房と再婚して成城の近くに家を建てて住んだ。偶然近所に大岡さんが住んでおられて、何かの雑誌の企画で御一緒して知遇を得た。

お互いの家を行き来して、共通の趣味である将棋を指したり、ゴルフに行ったりした。さらに少し離れた所に水上勉氏も住んでおられて、三人で行くこともあったが、ボクが伊東に移住してしまって、お二人とはお会いできなくなったのは残念であった。

学生時代に『武蔵野夫人』を読んだ程度であったが、お会いしてお話しするたびに、大岡さんの信念に感動して、『レイテ戦記』『俘虜記《ふりょき》』などの代表作もすべて読破した。ほとんどの人が時流に流されてゆくなかで、「戦争」とか「天皇」にあくまでこだわった点で、山口瞳先生と（質は少々違うが）共通のものを感じた。芸術院会員を辞退した、あの精神の高さは、最高の尊敬に価すると信じてやまない。

同世代の人では、井上ひさし、永六輔の両氏に敬意をもっている。お二人とも、真の平和を希求する民主主義者だし、常にユーモアを忘れない文学者でもある。こういう人達と同時代に生きたことを誇りに思うし、もしほんとうに『吉里吉里国』が存在したら、ボクはそこにリタイアしたいと思う。

大学卒業断念の経緯

話はもとに戻るが、ボクが大学卒業を断念したのは、早くも大学一年のことである。まったくお恥ずかしいかぎりだが、早大を受験したくせに、ボクは大学に二年間の教養課程というものがあることを知らなかった（くわしいことは『生意気』に書いてあります）。大学にさえ入れば、大嫌いな数学や物理をやらないで済む。新聞学科に入れたのだから、ジャーナリズムの研究ができると信じていたのだから、脳天気といわれてもしかたがない。

子供のときから、根っからの文科系人間で、加減乗除以外の数学はまったく理解できない。物理や化学のように決まった答を見つける能力はゼロであった。何か勝手に書けといわれれば喜んで書いた。また絵画や工作の才能もまったくなく、今もって遠近のついた絵はかけない。

カンニングや丸暗記で、何とか高校までは終えたが、大学に入ってまだ理数系を二単位取らなければならないと知ったときの絶望感は、文字通り目の前が暗くなるほどであった。

早大の文系の入試は、当時は理数系をとらなくても良かった。ボクは国語、英語の他に得意の「日本史」を選択して合格したので、何か大きな勘違いをしていたのだろう。

数学と物理はもってのほか、まだ少しはマシだろうと「化学」と「生物」を取った。「まじめに出席していれば、何とか単位だけはくれるらしいぜ」という、同級生の言葉を頼りに、化学の授業に出たある日……。

ボクはボクなりに「まじめに」教室にいた。先生は、今日は糊《のり》をつくる実験をするという。ボクはまったく興味がないから、別の本（ロレンスの『息子と恋人』だったと思う）を読んでいた。

おしゃべりをしたりして他の学生に迷惑をかけなければ、〝まじめな〟出席だと思っていた。隣りの友人につっつかれて顔をあげると、教授がボクを指していた。

「君はボクの言うことを聞いていないのか」

ないからです」

「ボクはジャーナリズムの勉強に早稲田に入ったのであって、糊のつくり方を習いにきたのでは
「なぜだ」

「ハイ」

「わかった。しかし他の学生の邪魔になるから、この教室を出なさい」

「ハイ、わかりました」

いつも一言多いのである。寺山修司なら、何と言っただろう。ボクはまちがったことを言ったつもりはなかったが、一人とぼとぼ廊下を歩きながら、「これで卒業はできないな」と思っていた。


のちに外国の大学の内容を調べてみて、ボクのほうが正しかったとわかったときはうれしかった。一般教養課目は、百歩ゆずっても高校までで十分である。ボク個人の意見では、中学（義務教育）で終えても良いと思っている。あとは選択制にして、それぞれの得意や、あるいは学びたい分野の課目だけにすれば良い。

以前東京都の外国語問題諮問《しもん》委員を委嘱《いしょく》されたとき、ボクは「英語も選択制にせよ」と提案した。英語は学問でなく言葉なのに、習いたくもない子供に〝学問〟として教えても、苦痛を与えるだけである。やりたいと思う子だけに教えれば良い。それと同じように、一生数学が必要でないボクのような人間に、それを強制することは百害あって一利もない。このような教育を続けて

きたがために、言われたことだけをこなす、官僚的な日本人が増えてしまった。親方日の丸で高度成長の時は良かったが、現在のような状況では、創造的な人間が乏しくなって、日本は尻すぼみの状態なのである。

ボクは大学卒業を断念し（それでも未練がましく夏期講習で単位を取ろうとしたりしたが結局ダメで、二年で諦《あきら》めた）、残る大学生活を有効？に使うことを決心した。

大学生活を有効に過ごそう

その第一は、ボクの将来に不要と思える講義は出ない。好きな授業にだけ出席したのである。そのひとつが木村毅先生の「新聞文章論」であったことは前に書いた。内野茂樹教授（早逝したこの人の後継者がいなかったことが、早大新聞学科の終焉《しゅうえん》の原因である）の「新聞発達史」も出席した。しかしあとのほとんどの授業は、時間があまったとき（変な言い方だが）しか出ず、他のことに使った。

麻雀に熱中

早稲田近辺にいて一番やったことは、やはり麻雀だろう。入学したころは結構負けがこんだが、持ち前の負けん気と研究熱心でみるみる上達して行った。同級生との賭《か》け麻雀に飽き足らず、新宿や駿河台などに遠征して、他校の学生や、一般のギャンブラー達と対戦するようになった。新宿御苑の近くに「雄飛閣」という雀荘があり、ここの主人には特に啓蒙《けいもう》された。後述（第六章）するように、まさかこれがボクの生活を助ける〝芸〟のひとつになるなど夢にも思わず、ただひたすらこの玄妙なゲームに熱中していた。

俳句仲間との交流も欠かさず、前述の藤井路傍、同級生の千羽靖夫（現古流松応会家元の千羽理芳）、早逝した青森出身の工藤迪、熱心な女流奥名房子らとは特に親しく、近所の喫茶店に集まっては甲論乙駁《おつばく》したものだ。彼らとの接触は、中学時代からもっていた文学への夢をつなげるもので、俳句作家になろうという気はまったくなかった。

高校時代大好きだった、映画や歌舞伎も相変らず見に行ったが、頻度は次第に落ちて行った。やはり麻雀の影響が大きかったと思う。

コミュニケーションできる英語力を

しかし英語の勉強だけは続けた。ボクの英語熱は高校時代に始まり、ジャズ（というよりアメリカン・ポップスが当初）に傾倒しだして深まった。父も事業（カメラの製造卸）の輸出化を考えて、英語の勉強を認めてくれたので、高二の時にアテネ・フランセに入学した。これは大学に入っても続いていて、早大は卒業できなかったのに、こちらは「優等」で卒業した。

これでも飽き足らず、中・高等科で教わったＪ・Ａ・サージェント先生を追って、「高田外語」

にまで通ったことがある。しかし学校で教わる英語と、実際に後に物語るジャズでの英語の間の乖離《かいり》が大きくなり、途中で辞めてしまった。

これだけは声を大にして言っておきたい。「巨泉になりたい」方は、絶対にある程度の英語の能力を習得しなければならない（リタイア先によっては、フランス語、スペイン語でも良いが、英語が最も便利）。

習い始めるのは若いほど有利だが、いくつになってもやる気さえあれば十分できる。前述したように、現在の日本の英語教育ではダメ。英語は「学問」ではなく、コミュニケーションの道具だから、「習うより馴《な》れろ」である。

ボクの次女の千加は、アメリカ人と結婚したが、二年ほどでペラペラになった。ときどき文法的な誤りがあったが、それもどんどん改善されている。夫のアーネスト・シンガーは、エール大学と東大を出ているとんでもないバカヤロー（インテリという意味です）で、日本語は流暢《りゅうちょう》だが、娘の希望で夫婦間の会話はすべて英語――つまり娘は〝馴れて〟、しゃべれるようになったのである。

女房の寿々子は、残念ながら？アメリカ人ではなく、江戸っ子のオッサンに嫁いだが、今や日常会話にはまったく不自由しないし、ボクと見る映画のほとんどは、字幕スーパーのないものである。結婚した三〇年前は、英語のエの字もしゃべれなかった。ボクは彼女に中学校の教科書を与え（彼女は高校卒ですが）、もう一度基礎だけ勉強するように言った。

そして、外国（最初はカナダとハワイが主）に行くようになると、一人で買物をさせ、現地の女性グループとゴルフに行かせた。

当然最初は片言で、意志の疎通もままならなかったようだ。しかし持ち前の明るさと積極性で、次第に話せるようになった。わからないことは、あとでボクにたずねた。買い物では、食品や家庭用品の名詞を憶え、ゴルフでは和製英語でないゴルフ用語が使えるようになった。

これはボクの持論だが、自分の好きなもの（ボクの場合はジャズ）で英語を憶えると早い。彼女が家事や料理が好きだったことも、大いにプラスしたものと思う。

昔は商社の海外出張員の奥さん達も、結構英語を憶えて帰ってきたものだが、最近はだんだんダメになってきている。

それはスーパー・マーケットの発達が原因である。今や自分の買いたいものをカートに放りこみ、レジに行くと、自動的に計算してくれて、総額が映し出される。極端にいえば一言も発せずに買いものができてしまう。昔のように、肉屋、魚屋、八百屋、日用雑貨店と歩き、それらのオヤジと会話しなくてもすむ。便利な時代にはなったが、そのために奥さん達が生きた英語を学ぶチャンスがなくなってしまったのである。

閑話休題《それはさておき》、多くの日本人は引っこみ思案で、まちがったら恥ずかしいと思ってしゃべらない。先述の誤った英語教育と、この消極的な性格が、日本人をして（最も高い教養レベルをもちながら）最も英語の下手な民族にしているのである。

ボクが結婚当初女房に言ったことを再現する。

「君がもし東京の街角で外国人に道を聞かれたとする。その時彼が〝ギンザ行きたい。ドッチ方向？〟と言ったら笑うか？　文法がまちがっていると言って教えないか？」

彼女は「笑いもしないし、教えてあげる」と答えた。

「そうだろう。君が外国で誤った文法や発音で道を聞いても、向うの人も同じようにしてくれるのさ。だから、まず話してみること」と説いた。

彼女はそれを履行《りこう》し、英語が話せ、聞けるようになった（読み書きに劣るのは、ボクを頼ってしまうからである）。

英会話力が身を助けた

ボクは自分が、それほどの才能に恵まれているとは思っていない。芝居も巧くないし、歌も人並み程度だし、踊りもできない。モノマネとか奇術に秀でてもいない。

それなのに芸能界で成功したのは、幸運と、アドリブができるという唯一の才能と、〝英語〟の力だったと信じている。

最初のテレビの仕事は、アメリカの歌詞の和訳スーパーの作製であった。「ペリー・コモ・ショー」の監修もそうだ。ジャズのスタンダード曲の訳詞もずいぶんやったし、ボクの音楽番組の構成を助けた。

ボクが最も力を入れた「巨泉のこんなモノいらない！」で、日本初の衛星二元番組を実現させたのも、英語の会話力のたまものであった。「11PM」で、ルー・テーズからジャック・ニコルソンまで数多くの外人ゲストの通訳もやった。もしボクに英語力がなかったら、今日の大橋巨泉は存在しなかったと断言できる。そのうえ、リタイアしても活用している。

四季に恵まれた日本はゴルフに向かない国

日本はたしかに四季の変化に恵まれている。これは海外に出てみると、より痛感する美点である。国によっては、長い冬と夏の間に、二、三週間の春と秋があるというような所もある。また四季はまったくなく、雨季と乾季のみという地域もある。したがって四季による園芸を愛《め》でるというような方には、最適の国だと思う。

しかしボクのようなゴルファーには、これほど向かない国も少ない（余談だが、日本人の世界的ゴルファーが少ないのは、この理由もあると考えている）。

まず寒く乾燥した冬は、ゴルフには向いていない（北半分は雪に埋れている）。春は〝月にむら雲、花に風〟のたとえどおり、強風の日が多く、気候も安定しない。五月に入ってようやく五月晴れがきて、喜んだと思うとすぐ梅雨に入ってしまう。

うっとうしい雨の季節をやっと通り抜けたと思うと、高温多湿の夏の到来である。夏場のゴルフ場で、疲労、熱射病、脱水症状などで倒れるゴルファーが一番多いのは、日本だそうだ。やっと夏も終りに近づくと、有名な台風シーズンの九月、秋雨前線が日本付近に居座る一〇月、やっと秋晴れが続くようになると、すぐ天気図は西高東低となって冬将軍が到来する。

このように、ボクの統計では、日本の快適なゴルフ・シーズンは春・秋あわせて、約三ヵ月余に過ぎない（そしてボクはその時季しか日本にいないのである）。

北米やヨーロッパだって、冬にゴルフができない所は多い。しかし違うのは夏で、これが全くのゴルフ・シーズンなのである。気温は同じでも、湿度が違う。よくアメリカ東部の夏を「ホット&ヒューミッド」というが、これを日本並みの高温多湿と訳してはいけない。西部と比べての話なのである。日本の夏と比べたら、ずっと過ごしやすい。

リタイア後は温暖な地で過ごす

日本の四季も、若いうちは良い。ただリタイアする年齢になると、温度や湿度の激変は危険である。よく日本の中高年の方が、トイレで倒れるのは、冬場が圧倒的だ。暖房の効いた寝室や居間と、寒いトイレの格差がいけないという。

北米の専門家の一致した意見、「若いうちは四季のある所で働き、リタイアしたら温暖な地方で過ごす」に、ボクは百パーセント賛成する。昔は王侯、貴族か、超富豪にしかできなかったライフ・スタイルが、努力次第でわれわれ庶民にも手が届くようになったのである。それを望む方は、先を読んでください。

そのためにも英語が必要である。なぜなら、日本には冬でも温暖な土地は沖縄以外にない。因みにボクは沖縄に行ったことがない。

佐藤栄作首相の欺瞞的《ぎまんてき》〝本土並み返還〟に、テレビで真っ向から反対を唱えたものとして、彼の米軍基地をすべて本土が引きうけるか、米軍基地をなくすまで、日本人として恥ずかしくて沖縄の人に面を晒《さら》せないと考えたからだ。したがって沖縄がゴルフやリタイアに向いているかどうか知らない。

ハワイをやめた理由

ボクが選んだ温暖な地は、まずハワイであったが、現在はオセアニア（オーストラリアとニュージーランド）に移っている。理由は主に二つ。

ハワイ往復は時差がつらい。若いうちは平気で、日本に帰ったその日に「11PM」を生《なま》でやったこともあったが、近年は時差克服に数日を要するようになった。最近の研究では、この脳内の時計に逆らうことは人間の健康（特に長寿）のために良くないのだそうだ。

次にハワイは物価が高い。小さな諸島で産業に乏しく、ほとんど生活必需品を、アメリカ本土から輸送している州だから、ガソリンから米に至るまで高くなるのは当然である。老後を考えて変更した所以《ゆえん》である。

オセアニアは時差が少なく物価が安い

その点オセアニアは、南北に飛ぶので時差が少なく、ほとんど影響がない。しかも生活費の安いこと、オーストラリアでハワイの半額、ニュージーランドなら三分の一で済む。

特にゴルファーにとっては、よりその差が大きくなる。最近のニュースでは、ハワイで一ラウンド回るには最低米一〇〇ドル（約一万五〇〇〇円）かかるという。オーストラリアでは、それが豪六〇ドル（約四二〇〇円）ですむ。何とニュージーランドでは、二五ＮＺドル（約一三〇〇円）も出せば、大抵のゴルフ場でプレイできるのだ。これを年間の出費にすると、巨額の差が生れることは一目瞭然であろう。他にもあるが、この二つがボク達夫婦の移住の、大きな理由であった。

さて、英語が話せなくても、ハワイやオセアニアにリタイアはできる。ボクの知っている人にもたくさんいる。しかし彼らの生活は、決して楽しそうではない。まず地元の人々との交遊が、ゴルフ以外にないのだ。日本人同士の狭いサークルでのつき合いに限られ、あとは日本から送られるビデオを見たり、本を読んだりするだけ。夫婦二人の味気ない食事にも飽きて、数年で日本へ帰ってしまうケースが目立つ（ただ園芸や陶芸などの趣味をもつ人たちは、結構充実した生活を送っているようだ）。

英語ができる強味

一方英語のできる人々は、ローカルの人々と夫婦単位のつき合いが始まり、お互いに食事に誘い合ったりし出す。今や数十チャンネルに広がったケーブルテレビも楽しめるし、映画も安く見られる。それでなくても日本の半額以下なのに、六五歳以上はさらにシニアの割引きがあり、五〇〇円以下で封切館に入れるのだ。地元の人々と小旅行に出かけたり、いろいろなパーティーに招かれたりする。文化や伝統、宗教の違う人々と話し合うだけでも、自分の世界が広がり、豊かになった気になる。

英語ができないと、もっと悪いことも起こり得る。世の中は善人ばかりではない。人の弱点をねらって一儲《ひともう》けをたくらむ悪い人もいるのだ。

ボク達が住んでいる北米やオセアニアで、何人の日本人が現地の悪人（その多くは日本の悪人と組んでいる）に乗せられたり、だまされたりして大金を失ったことか。

いつかニュースで、人気歌手の矢沢永吉が十数億という金を詐取されたそうだが、これなどもその典型的ケースであろう。これほど大がかりな詐取でなくても、二束三文の土地を高く買わされたり、家の建築費を誤魔化されたりした話は枚挙にいとまがない。これらは皆英語ができないため、つい甘言で近づいてきた悪徳日本人にだまされてしまう事件である。特にバブル期には、日本人と見れば金ヅルだと思うような現地人がいたものだ。

いずれにしても、ある程度の英語力と、信頼できる弁護士を雇《やと》うことである。

第三章　男は仕事——自己実現のやり方

ルイ・アームストロングの肩に
手をのせるボク（満19歳）

大橋家のルーツ

前章にも書いたが、父武治の職業はカメラ商であった。しかし彼は父（ボクの祖父大橋徳松）の仕事を継いだわけではない。

大橋家は岐阜の大垣にその端を発し、先祖には斎藤道三の家臣で豪勇で知られた大橋茂右エ門がいるという。

ボクはそんな話には半信半疑だったが、後年「11PM」宛に、大垣の視聴者で市役所に勤める方から一通の手紙をいただいた。その方も遠縁に当たるようで、中には大橋家の家系図のコピーが入っていた。父に見せると、彼は仏壇から古い家系図を取り出してきて、ボクの前にひろげたものである。何とこの二つは同じもので、ちがうのはコピーのほうにはボクの名前まで入っていたことであった。ボクは実存主義者なので、家系などには興味はなかったが、その時初めて父にたずねてみた。父によると、父の祖父に当たる武平治という人が、岐阜から江戸に出てきたらしい。したがってボクは四代目の江戸っ子になる。

生前母がよく「お前は一四代つづいた生《き》っ粋《すい》の江戸っ子」と言っていたのはウソかと父にただすと、それは母方だと言う。

母方は鈴木という姓で、母の父は浅草の馬道で川魚商を営んでいたことは知っていたが、こちらのほうは徳川家と同じくらい古くから江戸に住んでいたらしい。ただし鈴木家は短命系で、母の兄弟も皆早逝して、現在は断絶してしまっている。

家業について

祖父の徳松は腕の良い江戸切子の職人で、現在彼の作品はテレビ東京系「開運！　なんでも鑑定団」の〝お宝〟ものだそうだ。ただこの人は純粋な職人で経営能力はなかったらしい。したがってパートナーと二人で会社を興したときも、パートナーの名をとって「イワキ・ガラス」となった。これはのちに上場会社として大成功したが（現岩城《いわき》硝子《ガラス》）、彼は一生職人で貧しかったらしい。

貧乏人の子沢山で父は十人兄弟の長男として生まれ、幼くして奉公に出された。奉公先は医療器械の会社で、これが母の生家の近所で二人は出会ったという。

父は職人には興味がなく、この勤め先で商業の道を選ぶ決心をしたようだ。彼は一八九九（明治三二）年の生れだから、独立したのは大正の中ごろのはずである。

行商からスタートした父には商才もあったのだろうが、何よりも〝時流に乗る〟〝新しいものを手がける〟というセンスがあったのだと思う。両国にカメラ店を開業し、京橋に支店も出し、ボクが物心ついたときには当時稀有《けう》だった自家用車をもつほどの成功をおさめていた。

ボクに商才があるかどうかは疑わしい。ただし、他の二つの父の特質はハッキリ受け継いでいたと思う。読み進んでいただければ次第に判明するが、ボクは父が祖父から離れたように、やがて父から離れてゆくことになる。カメラ商は決して嫌いではなかったし、特に後年父が力を入れたカメラ・アクセサリーの製造卸は、輸出を視野に入れて将来性があるように思えた。

しかし「早稲田に受かったら大学へ、落ちたら家業を継ぐ」というギャンブルに成功し、早大に入った時からボクの運命は変わってしまった。結局ボクは父の職業を継がず、ジャズ評論家への道を歩むことになる。

したがって今日の大橋巨泉があるのは、一に前田治男先生の忠告、二に父の個人主義的近代性、そして（春秋の論法をもってすれば）最後は母の死、ということになる。

母のこと

母はらくといって、父の二歳下、昭和天皇と同じ年に生れた。馬道で評判の働き者だったそうだが、それは正しい評判だったと思う。若くして父と結婚し、七人の子を産み（二人は幼くして死亡）、五人の子を育てた。

父が小売商から製造卸に転ずると、空いた店がもったいないと、そこで「おしゃれの店」なる洋品店を開いて、立派に成功させている（この店は次姉の洋子が継いで両国に現存している）。芯からの働きもので、片時もじっとしていることがない。炊事、洗濯、掃除、縫いもの、店を開いてからは、仕入れから得意まわりまで全部一人でやった。

仕事はできたが、根っからの旧式な女で、戦前のモラルのまま生きていた。ただひとつ違ったのは、〝家〟や〝子供〟より夫である父を優先順位のトップに置いていたことで、これは父の影響だろう。いつも夫婦で行動していたのは驚くほど西欧的であった。したがって当然「長男は家業を継ぐもの」と信じていたので、もし母が五三歳の若さで（ボクは早大三年生）癌《がん》に命を奪われなかったら、はたしてボクは、泣いて止めるであろう母をおいて家を出られたかどうか、まったく自信がない。

千葉に疎開する

さてジャズとボクとの出会いは、終戦の年まで遡《さかのぼ》らなければならない。

さらにその二年前、四三年の夏に大橋家は千葉県の九十九里浜に近い横芝という田舎町に疎開した。

先述したように大橋家はまったくの江戸っ子で、田舎というものがない。したがってあの戦争は負けると信じていた父が、妻子を疎開させようと決意した時、彼は自分で土地を探さなければならなかった。そしてよく釣りに行った横芝に、古い銀行の建物を見つけ、千坪ほどの土地とともに買ったのである。

その年の夏休みを利用して引越したが、男手は父と二人だけだったので、小学校四年生だったボクも一所懸命手伝った。

荷ほどきをしていると、何やら毛布にくるまれたものが出てきた。何だろうとたずねると母は、「それは叔父さんに預ったものだから、そのまま押入れに入れておくように」と言った。そしてその包みは、そのまま二年間横芝の家（銀行跡の仮住いから、父の建てた家に移ってはいたが）の押入れに眠っていたのである。

ジャズのレコードがあった

正確な日時はまったく憶えていない。とにかく敗戦後の一年くらいは、学校はあってなき状況であった。先生がいない。いても教科書がない。自習とか、運動とかばかりで、中学入試の準備しかやった憶えがない。だから暇をもてあましていた。そんなある日、押入れの中の毛布包みを見つけた。ひもをほどいてみると、中から出てきたのは三〇枚ばかりのSPレコードであった。LPさえ珍しくなった現在、SPレコードを説明するのはたいへんだが、七八回転で三分しか演奏の長さのない旧式のレコードと思っていただきたい。

コロムビアとビクターのレコードがほとんどで、タイトルはすべて英語、その下に日本語の訳がついていた。前述したように、典型的皇国教育をされたボク達の世代は、音楽といえば国民歌謡と軍歌ばかりであった。八月一五日にすべての価値観が逆転したとはいえ、ボク達にはそれに代る音楽がなかった。

そんな時、そのレコードから流れ出た音がいかに新鮮なものだったか、若い読者には想像もつかないだろう。ベニー・グッドマン楽団の「レッツ・ダンス」や「その手はないよ」があった。アーティー・ショーの「ビギン・ザ・ビギン」や「スターダスト」も入っていた。今から考えるとジャズとはいえないボストン・ポップスやポール・ホワイトマン、さらにタンゴやハワイアンまで混っていた。

要するに「軽音楽」のレコードだったのである。この叔父は父の末弟で、一九一九年生れだから、ちょうどスウィングの全盛時代が青春期で、レコードを集めたのだろう。

竹の針でレコードを聞く

信じられない話と思うだろうが、鉄が不足した戦時中の日本政府は、家庭のあらゆる鉄製品を供出させたが、その中にレコード針も含まれており、何と〝竹の針〟でレコードを聞いていたのである。しかもジャズを筆頭とするアメリカや西欧の音楽は、皆「敵性音楽」なるレッテルのもとに、割るか、聞かれないようにレコード面を釘《くぎ》などで傷つけるように命令されていたという。にもかかわらず叔父のレコードが無事だったのは、反戦思想だった父がそうさせなかったからである。

雑多なレコードの中でボクがジャズに惹《ひ》かれたのは運命かも知れないが、とにかく心が浮き立つような、そして自然に手足が動いてしまうようなスウィング感が、敗戦でふさがってしまった少年の胸を開いてくれたことだけは確かだ。

進駐軍放送にかじりつく

一年ほどで帰京したボクは、ラジオの進駐軍放送（WVTRといい、のちにFENとなった）にかじりつくようになった。前出の拙著『生意気』によれば、土曜の「ヒットパレード」を聞き逃したことがなかった。

これはジャズというより、いわゆるアメリカン・ポップスだが、まだレコードが買えない身としては、叔父のレコード以外にアメリカの音楽に触れる機会は、これしかなかったのである。そしてまたこれらの曲のタイトルを書きとり、特に気に入った曲の歌詞を憶えることは、英語の勉強につながった。「テネシー・ワルツ」や「トゥー・ヤング」などは、歌詞をそらんじるほど好きだったようだ。

『生意気』によると、ボクがポップスから次第に本格的ジャズにハマってゆくのは、高校二年、一九五〇年あたりからである。このころになると小遣いをためてはレコードを買ったり、日比谷公会堂などのジャズ・コンサートに出かけたりしている。どうやらボクは、根っからの批評家タイプのようで、しきりにレコード評やコンサート評を日記に書きつけているが、本格的転機はあるクラブに入会してからである。

ジャズファンのクラブに入る

その会とは「ホットクラブ・オヴ・ジャパン」というジャズファンの集まりであった。毎月一回、新橋のビルの一室でレコード・コンサートを開いていた。会長の村岡貞氏をはじめ、野川香文、野口久光、牧芳雄、藤井肇、河野隆次、油井正一（当時は在神戸で時々いらしていた）、久保田二郎という当時の錚々《そうそう》たるジャズ評論家の解説が聞けた。ふと気がついたが、前記の諸氏は皆鬼籍《きせき》に入られている。時代の流れは速いと痛感する。

最初の二、三回こそ、大人しく後ろのほうで聞いていたが、根が積極的で饒舌《じょうぜつ》タイプなので、次第に前のほうの席から質問したりするようになった。

それに耳は良かったのだろう。「ブラインド・フォールド・テスト」というコーナーがあり、何の説明もなくレコードがかけられる。そのバンド名とか、ソロを取っているミュージシャンの名を当てるゲームである。ボクはこれが得意だった。手をあげて答えると、よく当たった。こうして先生方にすぐ顔と名前を憶えてもらった。

同じように積極的な青年がいて、すぐ友達になった。のちにボクのライバルとなる、いソノてルオ君である。昨年彼までがこの世を去ってしまったのは、同世代だけにショックであった。

このクラブは月一回会報を発行していたが、いソノ君とボクはその編集を（といっても使い走りのようなもの）手伝うようになり、原稿が足りないときには、自分で原稿を書いたり、レコード評の座談会に出たりした。もちろん無報酬である。

原稿依頼に飛びつく

そんなある日、ボクは一人の白髪・痩身《そうしん》の紳士に声をかけられた。いつもハットをかぶり、スキのない背広姿のこの人は、「ダンスと音楽」誌の編集長で、榛名静男さんといった。当時ジャズ雑誌といえば、現在もつづいている「スイング・ジャーナル」で、ポップス系の「ミュージック・ライフ」は知っていたが、「ダンスと音楽」は知らなかった。榛名さんによれば、この雑誌は社交ダンス（終戦後野火のように日本全国を風靡《ふうび》した）の購読者が安定しているので、音楽に関しては好きなことが書けるという。「君の文章を読んだが、なかなかしっかりしている。うちの雑誌に書いてみないかね」

本来なら、少し考えさせてくださいと言うべきだったろう。しかしボクは一も二もなく引き受けてしまった。少年時代から文学志向で、文章を書きたくて仕方がなかった。ガリ版ずりの同人雑誌も出した。この若さで（一九歳だったと思う）、自分の書いたものが雑誌に載ることのうれしさが先に立っていた。社長が渋いから稿料は一枚一〇〇円だよ、という話など上の空で聞いていたにちがいない。今考えると信じられない。四百字一枚一〇〇円である。おそらく業界の時価の五分の一くらいの稿料だったと思う。それでも大橋巨泉の名の他に、池間仙也（いけませんや！）のペンネームで放送評を書いたりして、多い時には月五〇枚は書いた。五〇〇〇円たまると、ボクには良い収入だった。

この年五三年は日本のジャズ界にとって大きな年で、秋にエラ・フィツジェラルドとＪＡＴＰ

（日劇）、一二月には御大ルイ・アームストロングのオールスターズ（国際劇場）がやってきた。ボクは「ダンスと音楽」の特派記者として（切符は自腹だったが）、楽屋でサッチモと会い、いっしょに写真まで撮っている。この写真は現存していて、一九歳のボクがジャズの神様の肩に手を置いているのが、何とも「生意気」である（本書扉写真参照）。稿料は安くとも書いていれば実績になる。ついで本流である「スイング・ジャーナル」からも原稿の依頼がくるようになった。稿料も一枚一五〇円と五割アップになった。

巨泉年齢詐称のいきさつ

ここで「大橋巨泉は年齢を四歳もサバ読んでいた」という、芸能界の伝説について、真相を書いておきたい。

ボクの生れは一九三四年（昭和九年）三月二二日である。すなわち早生れ、それもほとんど後《あと》がない。三月二〇日すぎに生れた子は、普通親が四月二日に出生届を出すそうだ。すると遅生れのトップになって、クラスでも一番年長で得をするからららしい。しかし父はそういう姑息《こそく》なことをしない男だったから、そのまま届けた。小学校から大学まで、ボクはいつも最年少だった。のちに「クイズダービー」のプロデューサー、居作昌果（現タイクス社長）が早大の同期で、何とも三月三〇日生れと知った時、ウチの親父より変わりものがこの世にいたと知って驚いたほどである。

ボクは体も大きかったし、勉強もできたから、最年少でも一向に構わなかった。高校三年までは、年の差は一二ヵ月以内におさまっていたからである。ところが大学に入ると事情が変わってきた。浪人して遅れるのはいるわ、あのころだから引き揚げ者で四年も五年も遅れたのもいる。何やら劣等感めいたものを感じながら、定期券を購入するために、小雨の中列をつくって順番を待っていた。やっとボクの番がきて、申請書とお金を渡す。しばらくして渡された定期券には、大橋克己、昭和五年参月弐拾弐日生と記されていた。実はボクは「昭和九年」と書いたのだが、九の字が雨で下に一本の線ができ、「五」のような字になっていて、係員の人が「五年」と読みちがえたらしい。すぐに気がついたが、その日はそのまま家に帰った。

ボクは悩んだ。ひとつくらいサバを読もうかな、くらいは考えたことはあったが、一挙に四歳はやりすぎだ。大体どうして遅れたか、昔の話にどうやって合わせられるか、難題がつぎつぎと浮んで来た。しかし今「九年」か「五年」かを決心しなくてはならないのだ。一晩中悩んだ挙句、ボクは「昭和五年生れ」に変身する決心をした。

さいわい当時の身長一七八センチ、体重は六〇キロ弱の長身痩軀《そうく》、ルックスも老けていたので誰も疑わなかった。

もうひとつ――しかもこれが決定的だったのだが――ボクは日大一高から早大に入った変わり種で、高校時代の同級生がまわりに一人もいなかった。一年上にも一年下にもいなかった。早稲田での同級生は、誰一人ボクのほんとうの年齢を知らなかったのである。

したがってボクがジャズ評論家の卵としてデビューした五三年、ボクは二三歳ということになっていた。昭和五年は一九三〇年であり、区切りがよくてまちがえる気遣いはなかった。いソノてルオ君はほんとうの五年生れで、同年の早慶（彼は慶大）ということですぐに友達になった。ボクはこのころになって、「九年」でなく「五年」にして良かったと思っていた。なぜなら仮りにも「評論家」である。一九歳では馬鹿にされてしまう。もちろん先輩はたくさんいたが、戦争のお蔭で、主流のジャズメンは昭和ヒトケタであった。これもボクにとって便利だったことは、ジャズメンにとって「戦争中」は「存在しない時間」であった──戦争中ジャズは「敵性音楽」として禁止されていたから。もちろんある程度の虚構を語ったこともある。しかし信じられないほど自然に、大橋巨泉は昭和五年生れで定着してしまったのである。

芸能界で年齢のサバを読む人は、読者が想像するよりはるかに多い。しかし九九・九％まで「若くサバを読む」のである。古今東西、「多くサバを読んだ」人間は、ボク以外にいないかも知れない。しかしサバを読むなら、多く読むに限る。ボクは一九歳から約一六年間、昭和五年生れで通っていた。その年齢で振舞っていると、自然に自分もそんな年齢だと思ってしまうものだ。

今の女房と結婚するとき、ボクは今まで四歳サバを読んでいたが、ほんとうは三五歳だと公表した。あれ以来ずっと四歳得をしたような気持になっている。少なくとも三五歳から三九歳までは二回生きたような気分だ。そんな必要はまったくないが、もし皆さんのなかで年齢のサバを読む気になったら、絶対に多く読んだほうがおトクです。

それにしても、よくあんなことが世間で通用したものだ。ひとつには戦後の混乱がまだ収まり切っていない時代だったこと。もうひとつは第六章で詳述するが、五四年の母の死で大橋家はバラバラになり、ボクは「大橋家」「生れ故郷」「幼な友達」「中学・高校の友人達」とは完全に断絶した世界で生きるようになったからである。

小雨が降っていたあの日の、たったひとつの小さな出来事が、一人の男の人生に大きな転機を与えたという、まさに「事実は小説より奇なり」を地で行ったような話であった。

自分を表現できる仕事につきたい

さて早稲田大学の卒業を諦《あきら》め――ということは外交官や新聞記者も断念せざるを得ない――状況になって、ボクはどんな職業を目指していたか。父の仕事を継ぐ気はすでに失せていた（第六章で述べるように、ほんのしばらく継ぐ羽目になるが）。何やら判然としないが、何か〝自分を表現できる〟仕事につきたかった。

文章を書くことはできる。俳句や詩を随分つくった。小説らしきものも書いた。しかし創作能力には限界があることはわかっていた。高校時代、演劇部の中心にいて、演技も演出もしたが、前者には限界があった。演出や脚本には相当興味があった。まだまだ雲をつかむようであったが、とにかく〝自分を表現できるもの〟なら、何でも良かった。

ジャズ評論らしきものを書くようになって、自分は創作よりも、対象があって解説したり、批評したりするほうが向いていると感じ出していた。ただあの原稿料では、親元を離れて食ってゆける自信はもてなかった。

ジャズ喫茶が出現

そんな時にまた一つの転機が訪れる。ちょうどこのころ、東京にジャズ喫茶なるものが出現する。最初はジャズ・レコードをかける店であった。

銀座五丁目の「スイング」はトラディショナル・ジャズ専門、有楽町駅前の「コンボ」はモダン・ジャズが多かった。ボクは最初は前者に通っていたが、五三年になると後者にゆくほうが圧倒的に多くなった。

モダン・ジャズのほうが好きになったという理由ではなく、こちらのほうがミュージシャンが集まるからであった。秋吉敏子、渡辺貞夫をはじめ、トップ・プレイアーと会ったのもここだし、まだ若いジャズ・ドラマーだったハナ肇（野々山定夫といった）と友達になったのもこの店である。ほんの二坪ほどの小さな店だったが、ボクはここのマスターだったショーリー川桐とすぐ親しくなり、いソノ君とともにＬＰのかけ替えなどを手伝ったものである。

そう、この「ＬＰ」なるものの出現が、こうした店の開店につながったのである。約三分間演奏のSPとちがい、片面二〇分から三〇分はかかるLPなら、コーヒーやトーストを頼んでも十分な時間があったのである。ボクやいソノ君は、よくミュージシャンにLPの解説文（ライナーノーツという）の翻訳を頼まれて、読んでやったものだ。そうして親しくなった彼らに、逆に銀座のナイトクラブに出演中のジャズメンを聞きにつれて行ってもらった。後に謎の飛びこみ自殺をしてしまう、伝説の名ピアニスト守安祥太郎を聞きに行ったのも、そうした機会だった。こうしてボクは、日本のジャズメン達とも次第に交友が深まってゆく。

生演奏が売りの喫茶店、登場

レコードを聞かせるジャズ喫茶につづいて、生演奏を売りものにする喫茶店が登場した。手許に残っている資料によると、その第一号「銀座テネシー」は一九五三年オープンとなっている。銀座通りと並木通りの間にある通りにあって、六丁目だったと思う。

社長は林文雄という人だったが、実際に切り盛りしていたのは奥さんの千冊子さんで、「テネシーのママさん」といえば、ジャズメンの間で知らぬものはいないほどの有名人であった。小柄な人だったが、実にきびきびしており、ギャラは必ず現金で渡してくれた。ただし安かったが……。

ジャズ喫茶といっても、純粋にジャズだけを聞かせたわけではない。昼の部と夜の部に分れて、それぞれ五ステージ（四〇分やって二〇分休憩だったと思う――この休憩時間に客が回転する）あったが、夜はほとんどジャズでも昼は種々雑多であった。

ウェスタン、ハワイアン、タンゴにジャズバンドが混るという編成で、今は亡き小坂一也、現ホリプロ会長の堀威夫、先日世を去ったジミー時田などがウェスタンの人気ものだった。平尾昌章（現昌晃）君もここでデビューしたはずだ。ハワイアンは、バッキー白片、ポス宮崎、大橋節夫さんらのバンドで、エセル中田さんが歌手の第一人者だったと思う。

司会という仕事

こうしたバンドは皆、リーダーか歌手が司会も兼ねる。これはロカビリーやロックンロール、フォーク、ニューミュージック等に受け継がれ、今でもトークがひとつの売りものになっている。

しかしジャズは別で、当時のジャズメンで司会をする人など皆無だった。

これは歌謡曲（美空ひばりをはじめ、すべての人気歌手は専属司会者を抱えていた）の場合とは、いささか理由を異にしていると思う。歌謡曲の場合は、歌手に箔《はく》をつけるために司会者がいて、歌手を守り立てる意味があった。

もちろんジャズの場合もそうした効果はあるが、最も重要な部分は曲目の解説である。何しろアチラのものだし、歌詞も英語なのである程度の説明が必要になる。したがって単なるアナウンサーや司会者ではつとまらない。林さんもはじめは普通の司会者をやとったらしいが、客やミュージシャンからの希望で、ジャズ評論家でしゃべりのできる人を求めたようだ。

ジャズ喫茶で司会を始める

ボクがここで司会をするようになったのは五五年（昭和三〇年）の春からだが、その時すでにいソノ君は司会をしていた。ただ彼は慶応を出てアメリカ大使館のVOA（〝アメリカの声〞といって、主としてアメリカの広報宣伝をする局）に勤務していたので、レギュラーというわけには行かない。

そこでボクに白羽の矢が立ったようであるが、ボクを推薦してくれたのは、南里文雄さんだと思う。若い読者は御存知ないだろうが、南里さんは日本のジャズ史上に残る名トランペッターで、日本のサッチモとも呼ばれていた。戦後眼を病んで〝盲目のトランペッター〞の名称もあったが、わずかに見える視力は残されていた。ボクは前出の榛名編集長に紹介され、南里さんのバンド「ホット・ペッパーズ」が出演していた銀座八丁目のクラブ「黒ばら」によく遊びに行くようになった。なぜか〝ウマが合った〞としか言いようがないが、大勢がモダンジャズに傾いていた時代に、トラディショナルに理解を示す若い評論家を大事にしたいという気もあったのではないか。

ある時、あるジャズ喫茶に出演中に遊びにゆくと、司会をしてくれないかとオヤジさん（ボク達は皆そう呼んでいた）に頼まれ、軽い気持でひき受けると、これが大いに受けた。オヤジさんは大いに喜んで、帰りに一杯御馳走《ごちそう》してくれたが、テネシーのママさんに話してくれたのだろう。間もなくボクはママさんに呼ばれ、いソノ君と半々でジャズの司会をしてくれないかと言われる。五ステージで一〇〇〇円というギャラは安かったが、月に二〇回こなせば二万円になる。当時の大学卒の初任給が一万円前後の時代だから、悪くない収入である。ただし往復の交通費、食事代（といっても隣りにあったカレー屋のカレーライスは七〇円であった）、衣裳代もこちらもちだから、ネットは知れていた。

それでもこの新しい仕事にボクは熱中した。ただの解説でなく、ユーモアを混えてしゃべると、客の反応が楽しみになる。

当時のジョークはこんなものだった。いソノ君の得意はガーシュインの名作「ス・ワンダフル」。〝蛸《たこ》に酢《す》がつきゃスダコだけれど、ワンダフルにスがつきゃス・ワンダフル〟。

ボクの代表作？のひとつは、ディキシーの名曲「フーズ・ソーリ・ナウ」（WHO'S SORRY NOW）。〝この曲は「フーズ・ソーリ・ナウ」、つまり直訳すると「誰が今総理《ソーリ》なのか……吉田茂」という曲です〟。

この手の駄じゃれや冗談を混えながら、曲の解説もしっかりやった。特にボクの専門がヴォーカルで、ジャズのスタンダード曲に関しては誰よりも歌詞を憶えている、という自信があった。そこで歌詞の説明をしっかりしてあげるので、歌手たちからはおおむね好評だったと思う。これが後にテレビ番組に結びつこうとは、夢にも考えていなかったけれど……。

自分で食える目処《めど》が立つ

こうして五五年の秋ごろには、ボクは一人で十分に食えるほどの収入源を獲得していた。後半《あと》年、五六年の三月一杯で大学は終りになるが（父からは四年間しか学費は出さないと宣告されていた）、ボクはすでにジャズ評論で身を立てる決心をしていた。二つの音楽誌からの原稿料は合計しても一万円がやっとだが、テネシーから二万円、さらにレコード・コンサートの解説や、進駐軍クラブでのバイト料を入れると、何とか月四万円近くの収入があった。

進駐軍クラブの司会は、テネシーの司会ぶりを買ってくれたバンド・リーダー達が、ボクが英語ができるのを知って頼んできたものだ。きっかけは当時トロンボーンの第一人者だった河辺公一さんがつくってくれた。

進駐軍クラブでの司会ぶり

今の事情にはまったくうといが、あのころは進駐軍（平和条約締結後は駐留軍となっていたが）のキャンプでの仕事は、まだジャズメンの収入のかなりの部分を占めていたと思う。基地のクラブといっても、将校用の「オフィサーズ・クラブ」以下、下士官用、兵卒用とクラス別になっていた。これらのクラブでは週末には必ずショーが行われ、将校用のクラブのギャラは相当良かったらしく、日本の一流のバンドが出演していた。

河辺さんは芸大卒のインテリで、自分のオールスター・ジャイアンツというバンドのショーに、付加価値をつけようと考えたらしい。このバンドは、当時芸能界に王国を築きつつあった渡辺プロ（通称ナベプロ）の専属であったが、河辺さんは自分のポケットマネーでボクをやとったのだ。たしか「飲み食い自由のイーセン（三〇〇〇円）」だったと思う。

今でも芸能界では、こうした隠語が使われているが、もとを糺《ただ》せばジャズメンの創作である。ドレミファソラシドは、CDEFGABCだ。これがドイツ読みだと「ツェー・デー・イー・エフ・ゲー・アー・ハー・ツェー」になるらしい。これに十、百、千、万などの単位をつける。つまり一万円はツェーマンで、五〇〇〇円はゲーセンとなる。七つしかないのだが、八〇〇〇円は「オクターブ・ヒャク」、九〇円は「ナイン・ジュー」というあたり、いかにもアドリブ得意のジャズメンらしい。

とにかくこの晩、ボクは大いにバンドを盛りあげ、当時ようやく芽を吹き出したロックンロールの曲「シェイク・ラトル・アンド・ロール」や「ロック・アラウンド・ザ・クロック」までサービスした。

これは大受けで、酔った女性将校がテーブルの上に乗って踊り出した。さらにテナーサックスの保坂俊雄さんが大ブローをすると、彼女はスカートをまくって、テナーサックスの朝顔をその中に入れるという狂態であった。

アンコールの拍手は鳴りやまず、ステージを降りると、マネジャーがボクを追いかけてきた。もうワンステージ追加できないかという。ボクは交渉して、ステーキ食い放題、ウィスキーとコーラ（当時はたいへんな貴重品だった）も飲み放題という条件でひき受けた。これが評判となって、他のバンドからも頼まれるようになったが、その数は非常に限られていた。ちなみにこのテナーの保坂さんの娘が、人気歌手のイルカである。

結婚を機に会社勤め

第六章で詳述するが、ボクは一九五六年の六月に最初の結婚をする。相手は当時新進ジャズ・シンガーとして売り出し中の三宅光子（現マーサ三宅）である。

彼女にひとつの約束をさせられた。彼女には女手ひとつで育ててくれた母親がおり、三人で生活するのに、二人とも不安定な収入では家計が心許ない。ぜひお父さんの会社につとめて欲しいと頼まれたのだ。

ボクは父のあとを継ぐ気はない、あくまでジャズで身を立てると主張したが、満州生れの引き揚げ者である彼女のほうが説得力があった。父の仕事を手伝いながらでも、ジャズ評論は書けるではないか、という彼女の言葉をボクは呑まざるを得なかった。母の死後大橋家はバラバラになり、ボクには帰る家がないも同然だったのである。

父の会社に通う日々

結婚後ボクは約束通り父の会社（といっても社員三人の極小企業だったが）に通った。父が買ってくれた中野区の野方の家から朝バスに乗って中野駅にゆき、国電で両国で降りて生家まで歩いての出勤である。日曜は休みで月給は三万円だった。

カメラのアクセサリー類の組み立て、包装、お得意さんへの配達、集金など、高校時代には嫌いでなかった仕事はすべて味気なかった。

日曜以外テネシーの昼の部は出演できなくなって、月一〇回を切るようになった。原稿は家に帰って書くわけだが、やはり昼間の疲れが残った。夜ミュージシャン達と飲み歩くのも、土曜以外は翌朝がきついので、遠慮するようになる。次第にフラストレーションがたまってきた。

ある日ボクは耐え切れずに、妻と話し合った。ボクには会社勤めは無理であること、もし君が固執するなら、ボクは離婚して自分の道を歩むと宣言したのである。今度は彼女が折れる番であった。こうしてボクは半年足らずで、父の会社を辞めた。

ジャズ評論だけでは食えない

こうしてボクは、五六年の秋、大学時代に考えていた〝自分を表現できるなら何でも〟という職業についた。大学は中退ということになったが、すでにボクはこの前の年あたりから、ほとんど登校していなかったと思う。とにかく生活費を稼《かせ》がなければならない。このころの大橋家の月収は、夫婦合わせて五万〜六万円といったところであった。世間から見ると多いが、衣裳代も食費も交通費もすべて自前である。外食は多いし、時間的にタクシーを使うケースが増える。親子三人でやっと食えるという状況であった。

自分の言い分を通して父の会社を辞めたのだから、何としても仕事を探さなければならなかったが、オイソレとはなかった。前述の先輩評論家がそろっていたし、第一ジャズ評論だけで食っている人は、ほとんどいないことがわかった。

野口久光さんは映画評論とかけもちだったし、牧芳雄さんは牧田清志という慶大の教授のペンネームである。油井正一さんは、神戸で油井商事という会社をやっていた。彼が東京へ出てきて、本格的にジャズ評論を職業とするのは、ずっと後のことである。いソノ君とボクは（のちに福田一郎が加わった）、一番若手で、先輩方のおこぼれを頂戴《ちょうだい》している状態である。

さいわいテネシーの出演回数は回復したが、到底足りない。わずかなギャラをもらうために、夜行列車に乗って関西のジャズ喫茶に行ったこともあった。かといって父の許へ戻れないことは十分にわかっていた。八方ふさがりで、ふつうの人ならふさぎこんでしまうような状況だったが、ボクの一番強い味方は、もって生れたオプティミズム（楽観主義）であった。

それでもこの年の暮に妻から、このままでは年を越せない、と告げられた時はさすがに応《こた》えた。妻は引き揚げ者で身寄りはない。ボクは父の所へ行けない。つまりは何か質に入れなければ金はできないということだ。いよいよ明日は質屋へ行くという前の晩、仕事帰りの深夜のタクシーの後部座席に、何枚かの千円札が落ちていたのを見つけた時、ボクは亡き母の助けだと思った。時効だから書くが、ボクらは警察へ届けず、何とか正月を迎えることができた。

映画の仕事で作詞

明けて一九五七（昭和三二）年、この年に思わぬことが起るのである。ある日、妻から大森盛太郎さんが会いたいと言っていると告げられた。大森さんは作曲家で、妻と同じマーキュリー・レコードの専属であった。都内の喫茶店で待ち合わせして話を聞くと、映画の仕事を手伝って欲しいと言われた。

何でも日活がジャズをテーマにした映画をつくるのに、大森さんが作曲を頼まれた。しかし私はジャズに弱いので、大橋さんならと思って話をもちこんだと言う。ボクは映画を見るのは高校時代から大好きだったが、内部のことは何も知らない。しかし金になることは何でもしたい状況である。

何でも売り出し中の石原裕次郎という俳優に、ジャズ・ドラマーの役をふり、敵役《かたきやく》にジャズ・シンガーの笈田《おいだ》敏夫《としお》を配するというアクション映画だという。監督は井上梅次さんで、月丘夢路さんの旦那さまである（打合せで訪れた井上邸で、素顔の月丘さんを見て、その美しさにびっくりした）。

井上さんの書いた脚本を渡された。そこに書いてあるセリフを生かして、主題歌の歌詞をつくってくれないかと言われた。「俺《おい》らがおこれば嵐を呼ぶぜ」「俺らが叩けば……」というところを生かして、何とかまとめた。歌詞にならないところはセリフで言ってもらうことにした。大森さんが簡単なメロディーをつけ、こうして現在でもカラオケ等で歌われている「嵐を呼ぶ男」が完成したのである。実にいい加減な時代ではあった。

あとで調べるとこの映画は、たった一ヵ月でつくられているのだ。のちにテレビ「ゲバゲバ90分」で共演した宍戸錠《ししどじょう》の話によると、当時の日活ではそんなことは日常茶飯事であったという。同じ映画でも、黒沢明の映画とは次元の違う世界であった。

ボクはこの他に、渡辺晋とシックス・ジョーズの中で山崎唯が歌う曲、そしてこの映画でデビューしたロック歌手・平尾昌章のために「銀座でロック」という歌を書いた。この曲はレコーディングされなかったので、映画だけで消える運命にあった。

裕次郎に歌を教える

ボクは調布の日活スタジオで、はじめて石原裕次郎に会った。ボクと同い年で（この時裕ちゃんはボクを年長者だと思っていた）、身長はボクより高かった。ここで彼に歌を教えることも含めて、大森さんはギャラ三万円でどうかと聞かれた。ボクは一も二もなくＯＫした。とにかく一ヵ月分の収入より多いのだ。

のちに友人たちから、なぜ印税契約にしなかったなどと言われたが、そんなことは夢にも考えなかった。あの曲はのちにミリオン・セラーとなったが、あくまで井上梅次作詞、大森盛太郎作曲となっている。ボクが補作をしたのはまぎれもない事実なのだが、それは一切記録には残っていない。

しかしこの時の仕事が、のちに倍にも三倍にもなって返ってくるのである。人生、一期《いちご》一会《いちえ》なのだ。

翻訳を手伝う

一方、油井正一さんから、ビリー・ホリデイの自伝の翻訳を手伝ってくれないかという話がきた。これはボクの英語力に期待してくれたのだと思うが、とにかく何でもやる状況なので引き受けた。

しかし始めてみると、アテネ・フランセで教わったクィーンズ・イングリッシュが、ほとんど役に立たないことを知らされた。アメリカの、しかも黒人ジャズ・シンガーの自伝（といってもライターがいたが）である。スラングや隠語にお手上げになったが、ボージー・ホワイトというジャズ好きの進駐軍ＧＩが友人で、とてもヘルプになった。

悪戦苦闘の末、油井さんと二人で仕上げたが、小さな出版社はたちまち倒産し、二人ともほとんど印税を手にしていない。これは「黒い肌」というタイトルだったが、のちに河出書房、晶文社と受けつがれて、現在でも『奇妙な果実』という本として存在している。時々千円単位の印税が入ってくると、あの当時の苦闘が思い出されて懐かしい。

こうして「ジャズ評論家」とは名ばかり、実際は「ジャズ」の周辺にある仕事なら何でもという生活を二年ほどつづけていたが、翌五八年が最近の英語でいう、ブレイク・スルー（もともと軍隊用語の〝敵陣突破〟で、現在はスポーツ選手やタレントが停滞状況を突破して〝開花〟する時に使われる）の年になったのである。

ロカビリーブーム出現

一九五八年は、日本の芸能史でもエポック・メイキングな年である。この年の二月、日劇で「ウェスタン・カーニバル」が上演された。渡辺プロの社長、渡辺晋さんのアイディアがぴたり当たったのである。

それまで日本の音楽エンターテイメントといえば、歌謡曲かジャズ（といっても実際はアメリカン・ポップス）であった。その後者を〝ロック〟にしようとした試みである。自らジャズ・ミュージシャンであった晋さんだが、やはりこの人の真髄はプロモーターであり、プロデューサーであった。

前にも述べたが、ウェスタン音楽は、ジャズ喫茶ではジャズの下位にあったし、前座的扱いを受けていた。しかし本場でエルビス・プレスリーが登場し大スターになると、その波はすぐに日本にも押し寄せたのである。

当時ワゴン・マスターズというウェスタン・バンドのヴォーカルだった小坂一也が〝恋に破れた若者達が……〟と、エルビスの「ハートブレイク・ホテル」を歌うと、日本の若者達は熱狂した。

小坂につづいて、平尾昌章、山下敬二郎、ミッキー・カーチスとスターの列は後を絶たなかった。このロックとヒルビリー（ウェスタン）の混血児は〝ロカビリー〟と呼ばれ、空前のブームを起したのである。

ジャズとの立場はたちまち逆転し、テネシーのあとにできた、「ACB《アシベ》」や「ドラム」などでは名前こそジャズ喫茶だが、主役はロカビリー系に奪われてゆく。これは大橋家にとっても由々しいことで、テネシーでの出演回数も減ってきた。しかし人間万事塞翁が馬、とはよく言ったものである。

企画力がはじめて認められた

こうしたトレンドに逆行するような職場が有楽町に出現したのだ。その名は「不二家ミュージック・サロン」といい、大手製菓会社で喫茶店チェーンももつ「不二家」がオーナーであった。あるルートを通じてこの話が、ボクのところにもちこまれた。ボクが「ロカビリー抜きの音楽喫茶」という企画を出すと、何とこれが通ってしまったのである。

今考えれば、嬌声《きょうせい》うずまくロック系喫茶は、不二家のファミリー的イメージに合わない。そしてほとんどの「ジャズ喫茶」が、事実上「ロック喫茶」に変身してしまっている時、静かに音楽を鑑賞したいというカップルや、欲求不満になっていたほんとうのジャズ・ファンを吸収するという結果になり、この企画は大成功となった。

のちに芸能界でボクの大きな力となる〝企画力〟が、最初に発揮されたケースだろう。

ボクは企画、番組編成、さらに司会者としてかなりの収入を得ることになった。もう年が越せないなどという心配はなくなった。結婚当時、妻の収入の方が多い月もあったが、今やボクは大橋家の大黒柱になった。そして更に道は開けるのである。

日本テレビからの電話

ある日、開局してまもなくの日本テレビ（NTV）から電話があった。電話の主は音楽部の井原のター坊こと井原高忠氏であった。

彼とは旧知の仲で、この学習院―慶応という名門出のお坊っちゃまは、学生時代からウェスタンに夢中で、チャック・ワゴン・ボーイズ（前述ワゴン・マスターズの前身）でベースを弾いていた。つまりテネシーの昼の部に出演していて、夜の部の司会をするボクとは挨拶を交わす程度のつき合いはあったのである。

のちにジャズ評論家の先輩、藤井肇氏が日本テレビの音楽部長にスカウトされ、ボクは藤井さんの招待でNTVを訪れ、井原さんと再会していた。

井原さんは「ニッケ見てる?」と電話で聞き、「見ている」と答えると、ちょっと会いたいと言う。麴町の局にゆくと、「ニッケ」の訳詞を頼まれた。

「ニッケ」とは、毎週水曜の夜九時台にあった一五分の音楽番組、「ニッケ・ジャズパレード」のことである。たった一五分番組だが、このころ「水曜の晩は飲み屋が空く」といわれたほど人気があった。

ジャズやポピュラー系の歌手が四曲ほど歌を歌うだけの番組なのだが、人気の元は当時のトップ・モデル、ヘレン・ヒギンスをカバーガールに起用したことにある。白系ロシアの美女ヘレンが、編みタイツ姿で曲の間にポーズを取る数秒間が、井原さんの苦心の企画であり、ヒットの所以《ゆえん》でもあった。

あの当時はビデオというものは存在せず、番組はすべて生《なま》放送であった。しかも今では考えられない小さなスタジオで、カメラも二台きりである。つまりカメラがアングルやサイズを変える〝つなぎ〟にヘレンを使ったのだ。NHKなら花か、絵か、静物を使ったろう。

井原さんの企画力は群を抜いていて、まさに「元祖テレビ屋」であったが、これが二人の長い仕事関係の始まりとは夢にも思わなかった。

テレビの初仕事

井原さんは、ちょっとした洒落《しゃれ》た小番組のつもりで始めたのだが、人気が出てしまうと歌の内容が解《わか》らないという苦情が来だした。そこで次の段階として、歌詞のスーパーを画面に出したいのだが、「巨泉が適役だと思ってね」と言う。

彼は、すでにこの時ボクが、一〇〇〇曲ほどの歌詞レパートリーをもっていることを知っており、訳詞力にも期待してくれたのだ。ただテレビ画面は小さいので、字数が制限され、それほど簡単な仕事ではなかったが、ボクは当然引き受けた。

ギャラは一曲一〇〇〇円で一週四〇〇〇円だったと記憶するが、お金よりも新しいメディア、テレビの内側に入ったことが大きかった。

ボクはよほどの仕事がない限り、毎週水曜の夜日本テレビに通って副調整室にいた。ディレクターの井原さんの両側に、アシスタント・ディレクター（AD）とスウィッチャー（TD）が座っている。ADは主として時間の経過を司どっている。TDは井原さんのキューで、カメラの切りかえをしている。音声係の人はキューでテープの音をスタートさせる。

井原さんはあらかじめ歌を録音しておいて、歌手に口を合わさせるリップ・シンクというシステムを使っていた。理由はこうすれば、スタジオにマイクは不要で、雑音が出せるから。事実へレンは、曲の間に着換えていたし、セットを動かしたりもできる。ただ歌手によって口パクが上手い人と下手な人がおり、井原さんはこれの下手な人は二度と使わなかった。

また、あまりにも気分が入りすぎて、宝とも子さんが歌の最中に手にしたバラの花の枝をくわえてしまったことがあって、ビックリしてしまった。すぐに気がついて、くるっと一回転した時には花は手に戻っていたけれど……。

とにかく揺籃期《ようらんき》のテレビ・スタジオは、危険がいっぱいで、たまらなくおもしろかった。

井原さんとも気が合い、他の仕事も頼まれるようになって、ボクはテレビの魅力にとりつかれてゆくのであるが、それ以前にやった仕事についても書いておきたい。

労音コンサートの仕事が続く

まず労音の仕事がある。今とちがって労働組合の全盛時代だった当時は、各地労組がクラシック、ジャズ、歌謡曲といろいろな音楽のコンサートを開いたのだ。これを労音（勤労者音楽協議会）コンサートと言って、音楽家にとって、次第に大きなステージとなってきていた。

ボクはジャズ評論家のほかに、司会者、構成、演出者としても知られてきたので、いろいろな労音から依頼がくるようになった。

最初は五八年の八月、原信夫とシャープ・アンド・フラッツ、歌・笈田敏夫、小川洋子という、大阪労音のプログラムが残っている。これが好評で、会場は爆笑と昂奮《こうふん》に沸《わ》いた。このあと山陰、九州などの労音につながり、横浜や東海労音では、企画・構成から司会と三役こなすようになり、ボクと労音との関係はテレビタレントになるまで続くのである。

レコード業界でも働く

訳詞の仕事も、テレビ画面のスーパーから、実際に歌手が歌う詞もつくるようになった。ジャズ歌手である妻のために書いていたものが評価されたのか、レコード業界に入ってきた大手電気メーカー東芝からの御指名である。東芝はヨーロッパのエンジェル、アメリカのキャピトルと契約を結んで洋楽の発売をはじめたが、やがて自らもレコード製作をはじめ、若手歌手として水原弘を売り出し、ついで中島潤に白羽の矢を立てたのである。

中島は深いバリトンの美声歌手で、日本のパット・ブーンとして売り出そうとしていたらしい。ボクはデビュー盤の「四月の恋」、ついで「夢のレインツリー」の訳詞をしたが、売れゆきは今いちだったようだ。潤とはゴルフなどで親交をもったが、若くして病を得て逝ってしまった。

ボクの訳詞でヒットしたのは、小坂一也の「ワルチング・マティルダ」だけだったが、むしろのちの放送作家のワザとして役立つことになる。

洋楽のほうでは、二荒芳忠さん（故人・エセル中田の御主人）とジャズ・ヴォーカルについての意見がぴったりで、たちまち親交が生れた。東芝（キャピトル）から出たナット・キング・コール、フランク・シナトラ、フォー・フレッシュメンらのLPのジャケット解説は、ほとんどボクが一人で書いた。原稿料はLP一枚五〇〇〇円で、雑誌の稿料の数倍であった。

ラジオの仕事も入る

ラジオの仕事も最初はジャズがらみであった。学生時代にヴァイブラフォンを弾いてジャズをやっていた菊池安恒さんという人が、NHKに入って音楽部にいた。この人は通称プーさんと言ったが、ジャズの番組をつくるので本を書いてくれと言ってきた。五九年のことである。このあたりベースをひいていた井原高忠さんとの縁と似ていておもしろい。

とにかくあのころは現在のようにシステムが確立されておらず、スタッフが個性的な番組づくりができたのだと思う。NHKの音楽部はまたおもしろかった。前NHK会長の川口幹夫さんが副部長でいた。おたがいのことを「ボクちゃん」と呼び合って仲の良かった紅林清さんともいつか番組をつくった。のちにボクの「世界まるごとHOWマッチ」のディレクターになる林叡作は、当時歌謡曲担当で、われわれにからかわれていた（どうも歌謡曲は軽く扱われるのだ）。

アナウンスルームから宮田輝さんや、高橋圭三さんもよく顔を出した。マージャンのメンツ探しである。ボクや笈田敏夫さんは大体勝ち組だった。川口さんはほとんど負け組にいた。のちに会長になられてから、「巨泉さんにはいくら取られたことか」などとおっしゃっていたが、当たらずといえども遠からずであった。

プーさんとは「コール・ポーター物語」という特別番組をつくったが、主役の一人に妻の三宅光子が起用され、このあたりまではうまく行っていたようだ。

次に開局したてのラジオ関東（現ラジオ日本）からもジャズの構成や司会の仕事もきて、長女の美加が生れた五九年の夏ごろには、中古ではあったが自家用車（オースチン）を乗りまわすほど羽振りがよくなっていた。

その一方で、われわれ夫婦の間に少しずつ亀裂が生じ、どんどんそれが大きくなって行くのにボクは気づいていなかった。結婚や離婚については第六章で書くが、ボクがテレビへ傾斜すればするほど、ジャズ歌手である妻とは遠くなってゆくのである。

井原さんは、日本テレビ史上に残る音楽バラエティー番組「光子の窓」をはじめていたが、ボクとのつながりは切れることはなかった。シロート・タレントを使うのが好きなこの名ディレクターは、ボクをチョイ役で使う一方、訳詞（歌えるほう）を頼んできたり、構成面での相談をしてきたりしていた。

「ペリー・コモ・ショー」の衝撃

そして五九年にNTVが、アメリカNBCの「ペリー・コモ・ショー」を放映することになると、その監修者の一人として、ボクを起用したのである。主として寸劇面の翻訳を清水俊二氏がやり、音楽面をボクが担当した。ボクの興味をジャズからテレビに引き寄せた最大のファクターは、この「ペリー・コモ・ショー」だと言えるかも知れない。

この番組（すでにビデオ化していた）を見ると、アメリカのテレビ技術ははるか先を行っていた。日本は一〇年も遅れていた。井原さんとボクは、技術の藤井英一さん（この人は藤井ピーターソンと言われたピアノの名手でもあった）を加えて、何回も何回もビデオを回した。そしてそれがどういう技術でなされているのか、あるいは新しい器械によるものかを討論したものである。

毎日が発見であり、創造があった。ボクはできるかぎりテレビ局に顔を出し、あらゆるスタッフと仲良くなって、テレビのすべてを学んだ。もうこの時のボクは、テレビ番組の構成作家になる気だったようだ。

とはいってもテレビからの収入は知れたもの。到底テレビでは食えない。ボクにとってテレビは、まだ勉強の段階であった。

ジャズ・イベントの企画・構成で引っぱりだこ

やはりジャズ評論家、企画・構成者、司会者としての収入が九〇%を占めていた。

有楽町のビデオホールの次長で、藤田潔という男がいた。現在のビデオ・プロモーションの社長で、このあと三〇年近く仕事の関係がつづくのだが、初めて会ったのはこのころであった。

彼はなかなかの企画マンで、この小ホールを使って「ビデオ・ジャズ・リサイタル」というものを、シリーズ化していた。評論家として招待されてつき合ううち、五〇回記念に何かやりたいが、と相談をうけた。ボクと二人で練りあげたのが、ゴールデン・ウィーク三日間の「ジャズ・フェスティヴァル」である。ディキシーからモダンジャズまで、三日間オールジャズ、しかも最終日は「オールナイト・ジャム・セッション」と銘打って、朝までジャムった。ボクは企画、構成、演出すべてを担当し、藤田は警察、スポンサー、販売関係を見事にこなした。これは大新聞も取り上げたほど、イベントとして成功し、ボクはプロデューサーとしての力量も認められたのである。

記録によると、一九六〇年にボクは、一二月三〇、三一日に読売ホールで行われた「六〇年、日本ジャズ総決算」の構成・演出に至るまで、日本各地でジャズ・フェスティヴァルやコンサートを手がけている。

ジャズ・ブーム復活

このころ日本は「ファンキー・ブーム」と言われ、再びジャズが復活してきたのである。ひとつにはロカビリーが飽きられ、多くはほとんど歌謡曲化してしまったことがある。洋楽ファンはそれに飽きたらなかったのだろう。

折しもアメリカでは、若い黒人ジャズメン達のファンキーなジャズに人気が出、それが日本にも上陸したわけだ。アート・ブレイキーの「モーニン」(彼は翌六一年正月来日し、ファンキー・ブームにさらに火がつくことになる)、ホレス・シルヴァーの「シスター・セイディー」などをやると、客席の若いエネルギーに点火するのがわかった。

日本では白木秀雄クインテット、ジョージ川口とビッグ・フォーなどが人気で、ボクは彼らと仕事をすることが多くなった。

文字通りボクはひっぱりダコで、普通ならジャズ界の大御所を目指すのだろうが、どうもボクはちがっていた。これを典型的〝B型人間〟と評する人がいるが、まんざら的ハズレではないかも知れない。

とにかく〝新しモノ好き〟なのと、「まだ何かある」と模索してしまう性格なのだ。

ボクには〝男子一生の仕事〟的な感覚がなく、あれほど成功したテレビタレントの仕事も、一生の内の仕事のひとつだったという感慨しかない。

モノを書くことが好き

しかし、今この原稿を書いていて思うのだが、やはりモノを書くことが少年時代から好きだった。原稿料は安くても、「スイング・ジャーナル」には毎月書いていた。ジャズ評論家、プロデューサーとしての名が出てくると、一般誌からも原稿の依頼が来た。今でも手許に「マンハント」「笑の泉」「人間専科」などの当時の男性誌に、エッセイや艶笑小話などを寄せたものが残っている。

「あなたとよしえ」を構成

テレビの仕事は、六一年に大きな変化があった。主役の草笛光子さんの結婚を機に「光子の窓」が終った。井原さんは、つづく番組「あなたとよしえ」の構成者に、ボクを指名してくれたのである。二人で、「ペリー・コモ・ショー」で得たものを、日本のブラウン管に表現しようと努力したもので、その結果、この番組は業界で高い評価を得ることになる。

今や二代目水谷八重子となった良重ちゃんとは、その前からつき合いはあったが（白木秀雄夫人でもあった）、これ以来親密なつき合いがつづく。紀尾井町のお宅で、先代八重子さんともよくお話しさせていただいた。

もし良重が、偉大な八重子の一人娘でなかったら、彼女はミュージカルへの道を歩んだに違いない。それほど、彼女はミュージカルにのめりこんでいたし、井原さんもボクも〝テレビ・ミュージカル〟の創造に、情熱をもやしていたのである。

TBSでも仕事

そんなボクを、TBS（KRテレビ→東京テレビ）で見ていた男がいた。残念ながら九八年に他界してしまったが、当時演出部にいた渡辺正文である。眼玉がギョロッと大きいので、「ギョロナベ」という仇名《あだな》があったが、「あなたとよしえ」を見て、ボクに電話をしてきた。

彼は「視聴率より内容」という、現在鉦《かね》と太鼓で探してもいないようなディレクターで、今なら仕事は皆無だろう。当時電通の「天皇」と呼ばれた吉田秀雄社長の甥っ子で、スポンサー探しは得意だった。

あのころは大体〝一社提供〟だったので、スポンサーが納得すれば、視聴率はある程度度外視できたのである。その代り、ハイブラウな内容はゆずりたくないというので、ボクに白羽の矢を立てたわけだ。

これから数年間、彼とは公私にわたって親交がつづいた。何本番組をつくったか憶えていない。

坂本九の思い出

ほとんどの番組は半年か一年で終わってしまったが、六四年に始めた「踊るウィークエンド」だけは数字（視聴率）も取れた。もちろん主演の坂本九の人気もあったろうが、内容的にも当時の水準を超えていたと自負している。

例の日航機事故で夭折した九とも親交があった。六〇年に短期間だが、ボクの司会するジャズ喫茶のショウを中継の形で番組化したものが、テレビ朝日（日本教育テレビ→NETテレビ）にあった（「マンデー・ミュージック・タイム」で、実はこれが司会者としてのボクの最初の番組であった）。この時「パラダイス・キング」というバンドの一シンガーだった九を、ボクがたいへん高く評価して、自分の構成する番組にたびたび起用したのだ。

タレントには、地は暗いのだが画面ですごくおもしろくなるタイプ（代表ビートたけし）と、ふだんも画面も同じように明るくておもしろい型（代表・明石家さんま）とあるが、ボクも九も典型的な後者で、それで気が合ったのかも知れない。息の長いタレントになったはずで、返すがえすも惜しい男を失くしたものである。

テレビの仕事の比重がふえる

さて、放送局というところはおもしろいところで、ひとつ番組が当たると、そのスタッフは引っぱりダコになる。ボクは当時NTVでは、あたかも音楽部の準部員のようであった。レギュラーは「あなたとよしえ」だけだったが、他の音楽番組から、訳詞をはじめいろいろ声がかかって、参加した番組は二桁になるはずだ。

TBSでも、ナベの上司が、作曲家としても知られる鈴木道明さんで、早大の先輩だったから、他のディレクターからも声がかかるようになった。

つまりボクの仕事の比重は、一九六一年を境として、次第にジャズからテレビ、あるいはミュージカルのほうへ傾いて行ったのである。

六一年にミュージカル集団「ハイ・ノーズ」を旗揚げし、第一回公演としてその年の四月、東京サンケイホールで、大橋巨泉作、井原高忠演出の「砂とコンクリート」が上演された。音楽は前田憲男、振付浦辺日佐夫というスタッフで、主演は水谷良重、藤木孝、藤村有弘というキャストである。

採算はとれなかったが客席は結構埋まり、ボクには充実感があった。

驚くべき発言が残っている。一九六一年の小田原労音の会報六月号に、ボクの近況が書かれている。

それによると、ボクはゴルフに夢中。ジャズはすでにペット、、、であり、仕事はラジオ、テレビ、ミュージカルとある。これはすなわち、ボクの結婚生活の危機を意味していたのだが、それは後述したい。

放送作家としての活躍ぶり

ボクがテレビタレントになる──つまりテレビカメラの裏側から表側に回ることになったのは、正確にいえば一九六六（昭和四一）年になってからであるが、前年の一一月にそのきっかけになる事件?が起こった。

それを物語る前に、その時のボクの状況を書いておくべきだろう。

六五年の時点で、ボクのおもな仕事は放送作家として音楽番組の作・構成をしていたわけだが、世間で通る肩書きは依然ジャズ評論家だったかも知れない。

放送作家としての仕事場は主としてTBSテレビに移っていたが、NTVで井原さんと「夜を貴方に」(テレビ記者会賞受賞)をつくったあと、乞われて「今晩は裕次郎です」の台本を書くことになった。これは石原プロがNTVと組んではじめた期待の音楽バラエティーだったが、視聴率も下降線で困っていた。そこで当時日テレのエースといわれた井原—大橋の受賞コンビに任す、ということになったらしい。

裕ちゃんと再会

ここでボクは、はからずも裕ちゃんと再会したわけだが、最初の打合せのあと二人で飲みに行った。ここでボクは、

「テレビは映画と違って、ホストが自分の言葉とリズムで引っぱって行かなければダメなんだ」

と裕ちゃんに説いた。今や日活のドル箱スターで、シーンを撮り終えたらあとは監督任せで良かった彼には、少々きつい要請だったかも知れない。

しかし裕ちゃんは「とにかくやれるだけやってみるから、よろしくお願いします」と言ってく

れた。

それだけ言っておいて、ボクと井原さんは脇を固めることに専念した。シャイな裕次郎に、自分の言葉で引っぱれと言っても無理なことはわかっていた。ただ彼に〝乗って〟欲しかったのである。

そこで最初の回は、「この番組が当らなかったのは、裕次郎の司会が下手だから」というテーマでやってみた。小島正雄さんをはじめ、有名な司会者にたくさん出てもらって、裕ちゃんをいじめることからはじめた。一所懸命書いた台本もおもしろかったのだろう。裕ちゃんも大いに乗ってくれて、大好評だった。

次の回からは彼は、ボクと井原さんに全面の信頼を置いてやってくれたので、好評のうちに最終回までもってゆけた。視聴率も、スタート前に望んだところまで行って、ボクの放送作家としての力量は、更に認められることとなった。

打ち上げのあと、二次会、三次会となって、最後は赤坂の「クラブ・リキ」(力道山の店)だったか。もう二人の他にほとんどいなかった(このころ毎週のように飲み歩いたが、二人とも強かった)。

最後に裕ちゃんがボクに言ったことをいまだに憶えている。

「大橋さん、いろいろ有難う。とても楽しかった。でもオレ、やっぱり映画のほうが好きだな」

ラジオでは、六三年ごろからラジオ関東で、「昨日のつづき」という帯番組(毎日つづけてやる番組）のレギュラーになっていた。これはもともと永六輔・前田武彦というコンビで始めたトーク・ショウで、ボクは時々ゲストで出ていたのだが、ある日突然永ちゃんが降りてしまい（彼の得意技のひとつ⁉）、ボクが頼まれてピンチ・ヒッターになり、そのままレギュラーになったのである。

トーク・ショウといっても、時事放談的色彩が濃く、二人で言いたいことを言った。かなり反体制的発言もしたが、ラジオのせいか反発はあまりこなかった（のちに同じことを二人で「巨泉・前武ゲバゲバ90分！」というテレビでやったら、すごい反発に会ったが、この時は神ならぬ身の知る由《よし》もなかった）。

六四年になると、TBSラジオの池田靖さんから声がかかった。池田さんとは以前からの知己で、ゲストで彼の番組にかかわったりしたことはあったが、レギュラーは初めてであった。番組は「ロミ・山田ショー」と言って、アメリカ帰りの歌手ということだが、全くの未知数なので、何とかおもしろい番組にして欲しいという。難題ではあったが、やり甲斐があると思った。放送作家として、ラジオにマーケットをひろげるチャンスだと考えた（NHKの仕事は時々やっていたが、レギュラーではなかった）。

いくつかのコーナーのうち、「巨泉戯評」のようなものもつくり、「昨日の続き」を一人でやる形もとった。永ちゃんがNHKテレビ「夢で逢いましょう」で黒柳徹子に読ませていた「リリック・チャック」の向うをはって、「リリカ・ロミ」というコーナーもあった。ボクは随分詩を書いたが、このとき学生時代の俳句を現代詩にするという作業が成功した。

皮肉なことに、ラジオ作家としてもボクの才能は、このあとＴＢＳでやった「御用心、ナンセンス・ミュージカル」で一回発揮されただけで終った。これは河内紀君という若手ディレクターの要請ではじめたシリーズで、そこでは「ロビンソン・クルーソー」をはじめとする世界の名作のパロディー化をやった。ボクとしてはたいへん気に入っていて、効果音の勉強までしたほど力を入れたが、肝心のボクがタレントになってしまったので、一年ほどで終わってしまった。

しかしこの時、牟田悌三、若山弦蔵、熊倉一雄の諸氏をはじめ、多くの名声優たちと知己を得たことは、ボクにとってのちのちまでプラスであったと思っている。

「11ＰＭ」スタート

さてそんなある日、井原高忠さんから呼び出しがかかった。ある番組のブレーン・ストーミングで、お車代くらいしか出ないけど来てよと言う。

出かけてみると、キノ・トールさんをはじめ、永六輔、前田武彦、中原弓彦、青島幸男ら、当時の第一線の放送作家がそろっていた（正確な顔ぶれは憶えていない）。これは「11ＰＭ」をスタートさせる会議で、日本初の深夜番組のために、知恵を貸して欲しいというミーティングであった。そこでボクがどんな発言をしたかは、全く憶えていない。

それから数ヵ月して、新聞にこの番組の話題が載り出した。いわゆる日テレ系のネットワークで、月・水・金が東京のNTV、火・木が大阪の読売テレビの制作だという。司会者は全くのシロートで、東京側が雑誌編集長の山崎英祐、大阪が作家の藤本義一と出ていた。いかにも井原さんらしい、と思った。前にも書いたように、この名ディレクターは意外なシロートを起用するのが得意なのである。

すると横チンから電話があった。横チンとは、横田岳夫の愛称で、彼は長い間井原さんのアシスタントをつとめていたNTVのディレクターである。これまでにも彼の番組の台本を書いていたし、ゴルフ仲間としても非常に親しくしていた。何と彼はこの「11PM」のディレクターとして、唯一制作局（芸能局）から参加するという（他はすべて報道局が担当）。月曜日担当なので、その第一回を見て、アドバイスが欲しいと頼まれたのである。

一九六五年の一一月八日と記憶している。銀座のバーを早目に切り上げて、家（といっても後述の家出中でアパートだったが）に帰ってテレビをつけた。報道局が中心だけあって、〝生硬〟の一言につきた。そのくせ〝深夜〟を意識して、時折り柔らかいことを入れようとするので、余計ギクシャクしている。

「やっぱり、そうか。どうしたら良いと思う、巨泉？」と横チン。翌日会って話し合うことになった。

テレビで遊びを取りあげたら

ボクは「今までテレビで取り上げなかった〝遊び〟――麻雀とか、ゴルフとか、競馬とかを取りあげたら？　深夜だから大丈夫だろう」と提案した。

横チンはすぐ乗ったが、そのコーナーのキャスターということで困ってしまった。ボクが最初にあげたのは、三橋達也さんで、TBSの深夜ラジオをよく聞いていた。しかし売れっ子俳優に、来週の月曜日から毎週と言っても無理な話である。高島忠夫、藤村有弘らの〝候補〟も、スケジュール的につぎつぎ断わられた。山崎さんでは到底無理だし、局アナではつまらない。

「巨泉のなんでもコーナー」ヒット

煮つまったころ横チンが、「いっそのこと、巨泉、自分でしゃべっちゃったら？」と言い出した。どうせボクが本を書くのだし、自分でやるなら本を書く手間がはぶける。本代（脚本料の意）よりはちょっと色をつけるから、といわれて「ダメもと」と引きうけた。

これは「巨泉のなんでもコーナー」と名づけられ、翌週一一月一五日から毎週一〇分くらいのコーナーとして放送されたのだが、何とこれが受けたのである。

今とは比べものにならないくらい保守的な日本であったから、「テレビで麻雀とは何事か！」というクレームもあったようだが、おおむねはおもしろいといってくれた。「あの男は何だ」とか、「軽薄極まる」とかの評もあったらしいが、大勢は「おもしろいじゃないか」に落ちついた。評判が良いとなると、水曜・金曜からも声がかかった。ゲストが少々やわらかい人だったりすると、山崎さんの代りにインタビュアーになったりした。

翌六六年に入ると、毎週二回は「11PM」に顔を出すようになっていたと思う。

金曜イレブンの司会者に

そして四月の番組改編で、とうとう東京側のスタッフ総入れ替えとなった。報道局が総撤退して、三日とも制作局がつくることになり、唯一人残ったのは、その後長い間苦楽をともにするプロデューサーの、後藤達彦（故人）一人であった。

司会者にはベテランの小島正雄さんが起用されたが、小島さんは週三日はシンドイから二日にしてくれと言う。そこで金曜のホストとして、ボクが抜擢《ばってき》された。

当然横チンの推薦だったが、「軽薄だ」とか「下品だ」とか「貫禄がない」とかの反対の声も多かったらしい。のちの横チンの証言によると、あの時反対した人ほどのちに「巨泉を推したのはオレだ」と言うようになるらしい。世の中、そういうものである。

芸能界成功の秘密

こうして四月から、正式に「金曜イレブン」の司会者になったボクは、英語の表現を使えば、〝二度と後ろを振向かなかった〟ことになる。一九九〇年にセミ・リタイアを宣言するまでの四半世紀の間、人気もギャラも一度も下ったことはなかった。

これは決して謙遜《けんそん》で言うのではないが、大して才能にも恵まれなかったボクが、芸能界であれほど成功したには、大きな秘密がある。

その秘密とは、タレントとしてデビューし、まだ人気が上昇中だった三〜四年目に、この商売をビジネスとして割り切り、徹底して有利に演出したからである。その作戦が当たったからこそ、今日のボクがあると断言できる。これはどんな仕事にもあてはまることなので、参考にしていただければ幸いである。

新しい人気者は常に求められている

ただし、その秘策を書く前に、それまでの簡単な経過を記しておこう。芸能界（特にテレビ界）が、新しい人気者を常に求めていることは、今も昔も全く変わらない。

ボクが「11PM」の正式な司会者になる前に、フジテレビから仕事がきた。これは石黒正保という若いディレクターと、新進放送作家の河野洋のアイディアで、「ラジオのDJをテレビでやってみよう」ということであった。

ボクはジャズならともかく、ポップスには強くないからと尻ごみしたが、総合司会で良いからということで引き受けた。これが意外にうけて、この「ビートポップス」という番組は何と四年近く続くことになる。

ラジオ番組で売れっ子に

前述の「ロミ・山田ショー」での力量を買われて、TBSラジオでも二本のレギュラー番組をもつようになった。ひとつは集英社が若者向けに創刊した雑誌「週刊プレイボーイ」と連動する「プレイ・ボーイ・クラブ」で、ボクは構成と司会、すべて自分でやって大いに好評を博した。

一〇月からは「大学対抗バンド合戦」の司会者となり、大先輩の小島正雄さんや藤井肇さん、ジャズ屋時代の親友八城一夫さん、ハワイアンの女王・エセル中田さんら審査員と、それはそれは楽しい時間を共有できた。

タモリもそうだが、今でも時々「ボクは〇〇大学のバンドで巨泉さんにさんざんからかわれました」とかいう、中年の紳士に会ったりする。

この二つの番組はともに大ヒットで、これを契機に、文化放送、ニッポン放送からもDJの話が続々と来て、これから数年、合計すれば一〇本以上のラジオ番組をもったと思う。

その中には今をときめく阿久悠氏が台本を書いていたものもある。〝悪友〟とはおもしろいペンネームだと思い、今でも憶えているのだ。

ドラマにも出る

さてテレビのほうは、翌六七年になるとＴＢＳからドラマの話がきた。週一回のコメディーで「窓からコンチワ」という、他愛のないものだったが、ギョロナベこと渡辺正文の頼みでもあり引き受けた。半年しか続かなかったが、この番組の主役をやったお蔭で、多くの喜劇人と仲良くなることができた。

特に高校の先輩に当たる三木のり平さんとの交遊が始まったのは大きい。ボクはこの照れ屋の先輩を生涯尊敬もし、敬愛したが、のりさんもボクにはいろいろなことを話してくれた。まだ差し障《さわ》りがあるが、いずれどこかに書きたいと思っている。

ＴＢＳではこのあともう一本「こりゃまた結構」というドラマをやったが、これも長続きしなかった。

ボクはドラマに向かない

要するにボクはドラマに向かないのである。ドラマは、どんなシンプルなものでも、まず何日か前に台本を渡される。一日前に「本読み」と「立ち稽古《げいこ》」がある。前者は出演者がテーブルを囲んで座り、セリフだけで芝居をすすめてゆく。後者はリハーサル室で、実際に動きをつけてやるのだ。

そして当日はスタジオで「カメラ・リハーサル」（カメリハと言う）をやり、更に「ラン・スルー」と言って本番通りのタイミングで通して、いよいよ「本番」となる。

つまり同じセリフ、同じ芝居を四回も五回もやるわけで、ボクは本番の時はすっかり飽きてしまっている。本物の役者さんは、徐々に〝役づくり〟をしていって、本番で一番もり上るようになっている。それなのにボクは全くシラケてしまっていて、アドリブしたくて仕方がない。しかし台本と違うセリフを言ったら、相手の役者さんに迷惑がかかる。

ボクは次第にフラストレーションがたまり、もう金輪際ドラマはやらないと心に誓ったものである。

スポーツ番組に進出

一方NTVでは、スポーツ関係の番組をやるようになる。これは「11PM」のプロデューサーの後藤達彦が、もとを正せば報道局運動部出身だったからである。二〇年間苦楽をともにしたこの男は、〝真のプロデューサー〟と言える男で、井原高忠を「11PM」の生みの親とすれば、後藤達彦こそ〝育ての親〟であった。

ボクの発言に、右翼とか、部落解放同盟あたりからクレームがくる。ボクは「台本にないことだから、ボクの責任で対処する」というと、タッちゃんは必ず「いや、オレが巨泉をやとっている以上、半分はオレにも責任がある」と言った。そして二人で抗議の場に臨んだ。

薬害エイズ事件の学者や政府高官が責任のなすり合いをしたり、日栄の社長が部下が独断でやったことと逃げ口上を言うのを聞くたびに、ボクは後藤達彦を思い出した。そうした〝逃げ〟を一度たりともうたなかった男であった。しかしこの男も、もうこの世にいない。

そのタッちゃんから「春を待つプロ野球」という、春先の番組をもちこまれたが、この結果川上哲治監督をはじめ、牧野茂コーチ、金田、長嶋、王ら巨人の主力選手と友人になれたプラスがあった。また「チャンピオンズ・ゴルフ」という、ゴルフ番組の司会も、二年ほど受けもった。

「11PM」週二回担当に

翌六八年には、もっと大きな事件が起きる。早大の先輩、ジャズ界の先輩、そして司会者としての先輩として「チャーちゃん」の愛称で慕っていた小島正雄さんが、正月早々心臓発作で急逝したのである。

さすがの後藤達彦も手の打ちようがなく、ボクに「悪いけど、当分月、水、金とやってくれないか」と頼みに来た。ボクはすでに述べたように、他局でもいくつもレギュラーをもっており、ゴルフもできない状況になった（幸か不幸か真冬だった）。さいわい一ヵ月ほどで、水曜ホストに三木鮎郎さんが決まったが、結局ボクは局の意向もあり、月・金と週二回担当することになってしまった。

土曜の夜は「お笑い頭の体操」スタート

そして二月、結局引退するまでボクが死守することになる、TBS系の土曜夜七時半「お笑い頭の体操」がスタートする（番組はその後「クイズダービー」に変わったが）。前記の二本のドラマをやったあと、ボクはTBSにもうドラマはやらないと宣言していた。

そこで今度は、クイズ系バラエティーを企画し、ロート製薬の一社提供で始めたのである。レギュラーは月の家円鏡（現橘家円蔵）さんただ一人で（アコーディオンの横森さんもいたが）、あとは毎週顔ぶれが変わった。

日テレ系の「笑点」が、いわばプロである落語家がシャレを言うのに対し、こちらは俳優や歌手といった、いわばシロートがやるので人気が出た。今をときめく和田アキ子や研ナオコが、歌手からタレントに変身したのは、みなこの番組からである。視聴率は二〇％を越す人気番組になった。

四月からは、日テレ系（大阪読売テレビ制作）で「巨泉まとめて百万円」が始まった。これは当時アメリカで流行しだした〝プライス・クイズ〟を取り入れたもので、「値段あてクイズ」のはしりとも言える。何とこれも人気が出て、以後三年もつづく。

したがって六八年の四月現在、ボクのレギュラー番組は、NTV系「11PM」（月・金曜）と「巨泉まとめて百万円」「チャンピオンズ・ゴルフ」TBS系「お笑い頭の体操」　フジテレビ系「ビートポップス」と、週に六本もあった。ラジオもいつも四〜五本は抱えており、休みも取れないように見えるが、実は自由時間はあった。

ドラマをやめたので、リハーサルのいらない番組ばかり。しかも「11PM」はだいたい夜の一〇時ごろに入れば良いので昼は空く。「ビート・ポップス」も土曜昼の生放送で、午後以降は空く。「百万円」や「頭の体操」は一度に二本撮るので、二週に一度で良い。「ゴルフ」は泊りがけだが一度18ホール分撮影すると、一ヵ月分から二ヵ月分撮りだめができた。

映画俳優になる

したがって東映から映画の話がきたときも、「やってみようか」くらいの気持で引き受けたのである。

これは伴淳三郎さんと谷啓のコンビで人気のあった「喜劇・競馬必勝法」という映画で、ボクは大橋巨泉自身と、ボクになりすました詐欺師《さぎし》の二役であった。谷啓とはジャズ屋時代から旧知の仲だし、監督の瀬川昌治さんは、ジャズ評論家の瀬川昌久さんの弟さんで「アドリブ、大いに結構」と言ってくださったので、気軽にひきうけたものだ。

ボクは少年時代から映画好きで、タレントになったからには一度くらい映画に、という気持もあったのだろう。

ロケは蔵王と上山温泉を中心に行われて、快調であった。監督は親切で、どんどんアドリブをやらせてくれた。

谷啓がそっとボクに「あまりアドリブしないほうがいいですよ。あとでアフレコの時に苦労しますから」と言ってくれたのだが、何も知らないボクは聞き流してしまった。アフレコは一ヵ月もあとにスタジオで行われた。その間ボクはテレビやラジオの仕事を毎日のようにこなし、映画のことはほとんど忘れていた。

アフレコに悪戦苦闘

スタジオに入ると、スクリプターの女性がボクに台本を渡し、スクリーンにはアドリブをかますボクのアップが映し出された。「オレこんなこと言ってないよ」というボクに、その女性は事務的に「いいえ、おっしゃっています」といってテープ・レコーダーのボタンを押すのだった。PA（スタジオのスピーカー）から流れる自分のアドリブのセリフを聞いてボクは愕然《がくぜん》となった。口が合わないのである。アドリブというのは、その場のシチュエーションに応じて自然発生的に出るもので、生放送などには最適なものだ。

しかしコマ切れのシーンをつなげてつくられる映画には向かないのである。

念のために書くと、テレビのカット・バックは、二台以上のカメラがあって、二人の俳優のセリフの応答をリアル・タイムで放送する。ところが映画では、一人の俳優のセリフばかりを撮って休憩に入る。ライトやセットの直しがあって、今度は相手の俳優のセリフとカットを撮影するのである。

「役者は待つのも仕事のうち」と言った人がいたが、まさにその通りなのである。裕次郎の「やっぱり映画のほうが好き」という言葉の意味がわかった。

しかし時すでに遅しである。「だから言ったでしょう?」という眼で、谷啓がボクを見ている。それからの数時間の悪戦苦闘は、思い出したくもない経験であった。自分のセリフに口が合わないというのは、何ともみっともないことだが、いかんともしがたかった。ところがのちに封切られた映画をみると、何ともうまく口が合っている。この時、ボクの金言のひとつが生れた。曰く、「映画は監督のもの、テレビはホストのもの」。

これに懲《こ》りてボクは二度と映画をやらなかった。話はきたが、すべてお断わりした。コマーシャル・フィルムでさえ、アフレコのものは断わった。したがってボクのCMはすべて同時録音である。

数年前、親友の漫画家、藤子不二雄Ⓐに「少年時代」の友情出演を頼まれた時も、それを理由に一旦《いったん》はお断わりした。ところが篠田正浩監督は、同時録音で撮ると言ってくれたという。だからあの映画出演は例外中の例外であった。

ヒットCM「ハッパふみふみ」誕生秘話

CMの話が出たが、六九年は例の「ハッパふみふみ」誕生の年でもある。ボクは前年に洗剤のCMなどをやったが、CMタレントとしてはそれほど評価されてはいなかった。何といっても公序良俗に反するとされた番組「11PM」のホストである。主婦連の敵のような存在だから、いくら売れてもCMタレントとしては、？マークがついて当然であろう。

したがってこの年に依頼がきたスポンサーにはある事情があった。会社はパイロット万年筆で、会社経営の重大危機にあったのである。間に立った電通の話では、このままだと八〇〇人の大量解雇に踏み切らざるを得ず、組合と経営陣の対立も頂点に達しようとしていたらしい。

そこで乾坤一擲《けんこんいってき》の勝負に出たというわけで、若者に人気の巨泉を使ってみようということになったという。

ところが台本を見ると、何ということもない平凡なメッセージで、おもしろくも何ともない。ボクはスタジオでスタッフにはっきりとそう言った。ここ一番の勝負なら、こんなありきたりなメッセージではダメではないかと。それではどんなアイディアが？　と聞かれて、ボクはスタジオのホリゾント（壁）前にスツールと楽譜立てが一台あれば良いと言った。そして売りものの万年筆を手にして、あの有名なポップワードを口にしたのである。

みじかびのキャプリキとればすぎちょびれ
　やれかきすらのハッパふみふみ

これともう一本〝すぎしびの……〟で始まるフレーズも撮ったと思う。スタッフはあらかじめ用意された台本のものと、このボクの全くアドリブのものとを両方撮影し、フィルムをスポンサーに見せて決定しますと言う。ボクはどうぞと言ってスタジオを出たが、マネジャーの近藤に「台本のを放映したら、この会社はダメだな」と言ったのを憶えている。

数日後電通から電話が入り、大会議を重ねた結果、スポンサーは「巨泉さんのアドリブのものを使う」と決定しました、と言う。やはり背水の陣だからこそ、できた決定だったのだろう。今から三〇年以上も前の話である。何を言ってるのかわからないＣＭを、よく使う気になったと思う。

ボクのポップワード短歌があって、最後に「パイロット・エリートＳ。わかるね」というだけである。スポンサーも電通も大いに不安だったはずだ。

しかし結果は御存知のように空前のヒットＣＭとなり、あの短歌を教えてくれというリクエストが殺到した。学校では少年達がおたがいに〝キャプリキ〟なのか〝キャプリて〟なのか議論していると言う。

これはもうこちらの勝ちである。子供達は何回もきそってＣＭを見、万年筆を買った。会社は立ち直り、八〇〇人の職が救われたのである。

数ヵ月後ボクはパーティーに招待された。パイロットの和田社長がお礼のスピーチをして記念品を下さった。もっとうれしかったのは組合の委員長からもお礼の挨拶と感謝状を頂戴《ちょうだい》したことだ。古今東西、会社側と組合側から表彰されたCMタレントは、ボクをもって嚆矢《こうし》となすのではないだろうか。

この大ヒットの続篇もいくつか作ったが、〝みじかびの〟を超えたものはなかった。

このポップ短歌は、のちに岡井隆編著「現代百人一首」（朝日新聞社刊、一九九六年）の中の一首に選ばれる栄誉に浴したが、そのバック・グラウンドを書き残しておこうか。

岡井さんは、ボクが早大俳研にいたことを書かれているが、ジャズのことは触れられていない。

俳句とジャズの幸福な結婚

実はこれは、ボクの大学時代の二大趣味であった俳句とジャズが結びついた作品なのである。俳句から五・七・五の韻律をいただき、それにジャズのアドリブとリズムを合わせたのだ。

ジャズメンはダジャレや語呂合わせ、更に言葉を逆にしたりする隠語を使うのが大好きである。ボクはジャズ評論家時代、徹夜でダジャレ大会をやったこともある。アルコールが入るとフレーズの出が良くなる。

そして他愛ないことに大笑いをしたものだ。

これらの達人は、評論家の久保田二郎、アルトサックスの五十嵐明要、ピアノの八城一夫らがいた。

特にヤッちん（八城の愛称）とは、意味不明のポップワードで会話し、これが伝わると大よろこびをするというゲームを、地方巡業の折などよくやった。ボクはヤッちんが、〝息張ったり〟〝力が入っている〟さまを表現する「ハッパラメッポのイヒリンゲン」というフレーズが大好きだった。これを歌舞伎役者が六法を踏む格好をしてやられると、立っていられないほど受けたものだ。ヤッちんの名誉のために書いておくと、「ハッパふみふみ」の「ハッパ」は、この「ハッパラメッポ」からとっさに出たものと思う。

「みじかび」は「短い」、「キャプリキ」は「キャップ」、「かきすら」は「書く」、「ふみふみ」は「文章」の意味だが、あとは岡井さんをはじめ、のちの人が勝手に連想してくれたもので、特に意味はない。ジャズと俳句の生命であるリズム、強いていえば、ルイ・アームストロングのスキャットと思ってくれれば良い。

ただ全体の三十一文字をくり返すと、何となく〝短くて書き良い万年筆〟というイメージが浮かべば良いのである。そして世の中はまだジャズの時代であり、ボクのリズムに共感してくれた若者が多かったということだろう。

とにかくこれを機に、ＣＭの依頼がつぎつぎにくるようになったのである。

独立、大橋巨泉事務所をつくる

要するに一九六八年の時点で、ボクは何でも引き受け、何でもこなし、そのおおむねは好評であった。テレビ・ラジオのレギュラーが週一〇本以上はあろうという超売れっ子になっていた。今でいえば、タモリ、たけし、さんま、関口宏といったところだろう。

そのころボクは、エマノン・プロという事務所に所属していたが、これはもともと芸能プロではなく、社長の広瀬礼次さんが税理に強く、音楽家や脚本家等の経理を引き受けていたのだ。ところがボクがタレントとして売れてしまったので、スタッフ不足は否《いな》めない。ボクには担当マネジャー近藤利廣がいたが、これ以上は近藤一人の手にあまる。そこで近藤と相談して独立しようと決めた。

しかしボクは古い江戸っ子の気質を残していたので、広瀬社長には一年間の〝御礼奉公〟のうえ独立したいと申し出た。広瀬さんには実は離婚の時にもお世話になっていたのである。社長はこの申し出を快諾してくださり、一年後の六九年の四月に大橋巨泉事務所が誕生することになる。

自分を貫く五原則＋

ボクはオーナーで、社長は近藤になってもらった。こうして自分の事務所ができれば、自分のやりたい方針が貫ける。

ボクは近藤に言明した。「映画とドラマはやらない」「一業種一種目を守る（同じカテゴリーの番組をやらない）」「（原則として）ナイター裏の番組は引き受けない」「週三本以上の番組をもたない」「番組の内容・構成には自ら関与する」などの要項を伝え、そのうえで「自分の番組以外は出演しない」という大原則を打ちたてた。

そしてこれはセミ・リタイアした一九九〇年までの約二〇年間、厳しく守られたのである。極言すれば、このポリシーが大橋巨泉というタレントの人気やギャラを支えてきたと自負している。

消耗品にならないために

こうした考え方は、ボクがタレントになる前、タレントを使う側にいたからこそ生れたものである。番組の構成作家として、プロデューサーやディレクター、広告代理店、スポンサーなど と、数多くのミーティングに出席してきた。その結果得たものは、「タレントは消耗品」という原理である。打合せの席上で、「○○は今が使いどき」とか、「△△はもうダメだな」とか交わし合っていた会話の対象に、自分がなったのだ。〝消耗されてなるものか〟と思った。

ある程度売り出すまでは夢中で、いろいろな仕事をこなしてきたが、これからは「消耗対策」を立ててゆかなければならない。

そのためにはまず、自分でマネージメントをコントロールすることだ。プロダクションに属していてはそれはできない。エマノン・プロは、前述のようにそうした事務所ではなかったが、自分の事務所をもつに越したことはない。そのうえで消耗されないためには、自分のテレビでの〝露出〟を抑えることを第一優先順位とした。

どんなに才能があっても、毎日出ていて、同じようなことをやっていれば飽きられるのは当然だ。したがって週三つ以上の番組をもたないこととした。前から継続していたものがあって、これを確立するのに三年ほどかかったが達成した。それも大橋巨泉の司会する番組のみとして、ゲスト出演は一切しないこととしたのである（やむを得ぬ例外は何回かあったが）。

自分の番組では特色を出す

次に力を入れたのは、自分の番組の内容に関与することである。タレントとしてより構成者としてのキャリアのほうが長いのだから、〝当たる番組〟をつくることは得意である。したがってどの番組の構成にもかかわった。

「金曜イレブン」は週末のレジャー中心の内容で確立されていたが、小島さんの逝去で回ってきた「月曜イレブン」の性格づくりには、担当ディレクターと頭をひねった。

都築忠彦、矢追純一、岩倉明、東威という四人のディレクターの個性はそれぞれのテーマに生かすが、原則は「政治からストリップ」まで、そしてスタンスは「鳥瞰図《ちょうかんず》」ならぬ「虫瞰図」──あくまで庶民の立場を崩さなかった。

「巨泉は考えるシリーズ」で、七一年度のギャラクシー賞をもらったのも、対象が「大橋巨泉と月曜イレブンのスタッフ」だったのがうれしかった。高校時代に芭蕉に学んだ〝平易に叙す〟の勝利だと思っているが、これは今「ニュースステーション」の久米宏君によって受け継がれていると信じている。

「お笑い頭の体操」思いきりよくやめる

「クイズダービー」の誕生にも秘話がある。前述の「お笑い頭の体操」は高い視聴率をとっていたが、七年目ごろから人気に陰りが見えはじめた。

スポンサーのロート製薬や、電通あたりから「てこ入れ」の話が出ていた。プロデューサーの居作昌果（現タイクス社長）とは早大同期ということもあって、肝胆相照らす仲であった。

ボクは居作に言った。「てこ入れならオレは辞める。新番組をつくろう。新番組ならやる」。構成者ないしは批評家として見ると、この番組にはもう〝寿命〟がきていた。「てこ入れ」のカンフル剤を打てば二〜三年は生き延びようが、待っているのは野垂れ死に（番組打ち切り）である。そうなる前に——まだ視聴率が二桁あるうちに、新番組で勝負すべきなのである。

「クイズダービー」のヒント

ボクには腹案があった。前年の夏、カナダで変なクイズ番組を見た。「有名人競馬レース」というようなタイトルであったが、カナダ制作のマイナーな番組で、事実一年後には消滅していた。

これは六人の解答者にあらかじめ解答を与えておき、どの解答者が一番知っていそうかという倍率を、会場のお客から集める。それを頼りに出場者が賭けるのだが、マリリン・モンローのそっくりさんのような金髪グラマー女優が、政治問題を意外に正解したりする大穴が用意されている（六九倍などというのもあった）。

最初から「ある答えは〝ヤラセ〟です」と断わりのテロップが流れるが、これをヤラセなしで、しかも日本風にアレンジしたらおもしろいものができそうだと考えていた。

アメリカ映画「クイズ・ショウ」で描かれたように、「八百長」は「クイズ」のアキレス腱《けん》のようなものだ。日本でもテレビのクイズ番組の全盛期は過ぎていた。

ボクの考えは、「出場者」が「解答者」だから八百長の可能性が生れる。この二つを分けてしまったら、そんなものは介在しなくなるだろう、というものだった。

要するに八割の解答率を誇ったはらたいらも、三割程度の篠沢教授もギャラは同じなのだ。八百長をしてまで正解をする意味がない。教授などはできなければできないほど〝上品、上品〟と喜んでいたし、視聴者もそれを楽しんでくれた。そうした解答者の答えを推理して、出場者が賭けるのだから、これは全く八百長の入り得ないクイズだとボクは考えたのである。

視聴率最低の三％台を記録

ボクの説明に関係各位も快く同意してくれた。しかし——のちにTBSの視聴率記録を次々に塗り替えたこの怪物番組も、最初は悪戦苦闘だった。気合の入りすぎたボクと居作が、少々凝り過ぎてしまったのである。「オッズ」という概念のない日本で、倍率を決める方法が複雑すぎたし、六人という解答者も多すぎたと思う。「お笑い頭の体操」からバトンタッチした春こそ二桁台をキープしたが、じり貧に陥り、夏休みのころは最低の三％台を記録したのである。

TBSからは打ち切りの声も出たが、ロート製薬の山田安邦社長が首をタテに振らなかった。「巨泉さんには『頭の体操』で八年間もお世話になってます。そんな簡単に変えられしまへん」「その代り」と代理の勝山宣伝部長は内緒で居作に言ったという。「何とか数字の取れる番組にしておくれやっしゃ」

必死のてこ入れ策

二人で大ナタを振った。解答者は五人に、出場者も三組に減らし、倍率は〝巨泉の独断と偏見〟で決める、こととした。キーは問題にあると断じ、問題を考える作家を一〇人に増やし、その質も高めることに努めた。その中から直木賞を取った景山民夫が出たのだから、クォリティーは高かったはずだ。しかも〝三択〟の充実につとめ、その内容の意外性とともに人気を呼ぶようになる。

解答者の淘汰《とうた》も徐々に進めてゆき、〝女子大生枠〟だった四枠に、二年目に竹下景子という上玉（景子ちゃんゴメン）を掘り出すことに成功した。こうなると運も味方するようになる。大学教授枠の一枠にいた鈴木武樹さんが選挙に出たいといい出し、居作とボクの必死の説得空しく彼は去った。しかしそれから三人目で篠沢さんが出現する。三枠の黒鉄ヒロシも、文春の漫画賞を取りたいので漫画に専心したいと降板したが、その後釜のはらたいらが大当りとなった。

それから一四年間、裏に巨人のナイターが来ても、この番組は絶対に負けなかった。数字を食われることはあったが、年間を通すと土曜の七時半は常にトップで走り通した。ＴＢＳはこの番組を中心に、前に「まんが日本昔ばなし」、あとに「8時だヨ！　全員集合」をそろえて、土曜の夜の君臨をつづけたのであった。

だから八九年にセミ・リタイアを決めたとき、この番組を降りることが一番つらかった。ロート製薬の山田社長宅まで行きながら、口に出せずに帰ってきたほどである。遂に東京のホテルで社長をつかまえ、その話を切り出した時の落胆ぶりは、今思い出しても胸が痛む。くわしいことは後に譲って、それほどまでにして手に入れたセミ・リタイアに向って筆を進めよう。

「世界まるごとＨＯＷマッチ」をやることに

「クイズダービー」と並んで、ＴＢＳ系（制作は大阪の毎日放送）でのボクの人気番組「世界まるごとＨＯＷマッチ」にも、秘話中の秘話がある。

話は制作会社イーストの社長（当時）の東修がもってきた。この男はＴＢＳのディレクターで旧知の仲だったが、ＴＢＳに見切りをつけ、早期退職金をもらって独立、自分の名前から「イースト」をつくっていたのは知っていた。

開口一番「どうだい。もうかってるか？」（ボクは早大の先輩でアル！）というボクに、「経済的にはうまく行っているのですが、何か当社の看板になるような番組が欲しくて、うかがいました」という。

企画書を見てすぐ断わった。世界をまたにかけたプライス・クイズというのはおもしろかったが、解答者の候補が気に入らない。大学教授を筆頭に、「クイズダービー」のコピーではないか。ボクは類似番組はやらないと突っぱねたが、必死に食い下がる東の熱意にほだされてこう言った。

石坂浩二、ビートたけしと一緒なら

「一枠の石坂浩二、二枠のビートたけし、この二人をつかまえられたら、やっても良い」

一種の無理難題であったが、東は「ハイ、わかりました。この二人をレギュラーとしておさえたら、引き受けていただけるのですね」というのである。仕方がないから「うん」と言った。ボクはこの後輩が好きだったが、すでに「11PM」二本と「クイズダービー」をレギュラーにもち、後述する競馬関係の仕事とともに手一杯の状態であった。

しかしこの二人を指名したには理由があった。二枚目俳優としてスターであったが、ボクは石坂の博学ぶりを熟知しており、何とか彼のインテリジェンスと画像を結びつけたいと、ずっと考えていた。

また、たけしはツービートで売り出し中のコメディアンだったが、何回か飲みに行くうちに、彼の端倪《たんげい》すべからざる頭脳に惚れこんでいた。

そしてこの二人を束《たば》ねられるのはボクしかいない、とひそかに自負していたのである。だから「ダメもと」で提案したのだ。

そのうえ「ちゃちな番組はやりたくないので、〝世界〟というからには、イーストの支局をアメリカ、ヨーロッパ、オセアニア、東南アジアにつくること」も条件とした。

ところが旬日を経ずして、東から「条件が整ったのでお会いしたい」と言ってきた。この企画には毎日放送、電通（担当は河内桃子さんの夫君の久松定隆氏）も熱心で、仲介役にはTBSの居作昌果もからんでいた。したがって、いくつかの条件の中には〝現在〟整っていないものもあることは知っていたが、石坂・たけしをつかまえたらOKしようと決心していたのである。

　この珍妙極まりないタイトルは受け入れたが、内容はこれからも二転三転し、一時はボクのほうからキャンセルしたこともあった。ボクは冬休みでハワイにいたが、準備稿の内容が気に入らないから、この番組はやらないと近藤に伝えさせた。

　東を筆頭に、スタッフは一日だけマウイ島にすっ飛んできた。ホノルルの入国審査で「一日だけの旅行」と言ったら、全員部屋に連れこまれたという。日本からハワイへ一日だけ来るなどは前代未聞だ。きっと、麻薬の運び屋か何かと疑われたのだろう。

「マウイ島に住む、有名なテレビ・スターの家に行くのです」というと、何か勘違いした係官は、「そうか。アメリカにもそういうワガママなスターはいるんだよ。シナトラとかね。へぇーっ、日本にもいるのか」と言って通してくれたそうだ。

　当時業界では「番組を降りると言って脅《おど》かす」ことを、「巨泉する」と言っていたそうだ。もう引退したし、時効だから書くが、ボクは本気で降りると考えたこともないし、ましてやギャラを吊り上げる目的でそう言ったことも一度もない。

　目的は常に、スタッフに危機感をもたせること、フンドシを締め直す機会を与えたかったのだ。よく番組が好調で長つづきしていると、スタッフの気がゆるむ。そんな時よく一発かました。また「HOWマッチ」の時は、ほんとうにイーストは〝社運を賭けて〟やる気なのか試したかった。

集まったスタッフにボクは台本を叩きつけて言った。こんな台本は要らない。必要なのはスタジオの進行表だけだと。君達が全身全霊を注ぐのは、〝問題〟をどうつくるかだけなんだ。世界中からおもしろい問題を集めてくれれば良い。あとはスタジオでボクに任せなさい、と言った。

結果は御存知のように予想を上回る大ヒットとなった。午後一〇時という時間帯を利用して、かなり大人向けの問題もつくれたし、たけしとボクのきわどいやり取りも大いに受けた。時には三〇%を超える視聴率を稼ぎ、ボクの番組の週間視聴率の合計が八〇%にもなって〝視聴率男〟などといわれた（なおこの番組が八時というゴールデン・アワーに移るには大問題が発生するのだが、これはまだ現役の方もいるので、ここでは触れまい）。

五〇歳リタイアは夢に

ボクのところには、毎年新番組がもちこまれたが、ボクはすべて断わりつづけた。ただひとつだけやり残したことがあった。心のどこかにあった〝五〇歳でリタイア〟の夢は、「HOWマッチ」の実現と成功で消えてしまった。ビートたけしという全く新しい才能とぶつかってみて、もう少しタレントをつづけてみたくなったのである。

一応あと五年引き延ばすことを自分だけで決めると、あとは「月曜イレブン」以来もちつづけてきたひとつの番組の実現に着手した。そのためには時間をつくらねばならない。まず「11PM」の月曜を降板することに成功し、つづいて「金曜」も八六年には辞めさせてもらった（その結果、この一時代をつくった深夜番組は終了することになるのだが）。何故NTVがボクの降板をOKしたかというと、引きつづき同じネットワークで大番組をはじめるという約束ができ上っていたからである。

やり残した夢の実現

一九八六年のある夜、伊東の山の上のわが家に、三人の紳士が集まった。NTVの高木盛久社長、電通の山下和彦常務、そしてタイガー魔法瓶の菊池嘉人社長である。

約二〇年ほど前、ボクは前述した通り、大阪の読売テレビで「巨泉まとめて百万円」という番組をやった。これがタイガー魔法瓶の提供で、同年齢の菊池さんとは公私にわたって、三年間おつき合いをさせていただいた。そして「百万円」につづく「巨泉のチャレンジ・クイズ」が、ボクらの期待ほど数字が取れなかった時（今でも良い企画だと信じているが、少々凝り過ぎたかも知れない）、「必ずもう一度番組をいっしょにつくりましょう」と言って別れた。

ボクもキンキン（菊池さんの愛称）のことはいつも頭のどこかにあったし、彼もそうだったと思う。この話がもち上った時、すぐにOKをしてくれて、大阪からわざわざ伊東の山の中まで来てくれたのである。

報道と娯楽を結びつけた番組をつくろう

深夜に至るまで、ボクは自分のプランを話した。これは報道と娯楽を結びつけた新しい分野で、「インフォーテイメント」（インフォーメイションとエンターテイメントの合成）と呼びたい、とボクは言った。

これからは情報化時代であり、国際化時代となる。これをとらえて、本来「報道局」が扱ってきた問題を、わかりやすい角度から「制作局」につくらせるのだと説いた。

売りものはすべて事実に基く公正さを売る「データ室」（「ＨＯＷマッチ」のナレーターとして人気の出てきた小倉智昭を登用）と、毎週衛星中継でニューヨーク（またはワシントン）とナマでトークをする、という案を出した。衛星だけで千万単位かかるという制作費、九時で報道ネタが通じるかとかいろいろ懸念は出たが、結局ボクの熱意が通った。

題して「巨泉のこんなモノいらない⁉」。

このタイトルは、当時筑紫哲也が編集長をしていた「朝日ジャーナル」の連載からいただいた。ボクは直接筑紫君に許可をもらい、彼にも何回か出演してもらった（ちなみに彼は早大新聞学科の一年後輩である）。

すでに五五歳でセミ・リタイアを決意していたボクとしては、この程度の才能の人間にこれだけの成功を与えてくれたテレビとその視聴者に対する〝御礼奉公〟がしたかったのである。それだけに全智全能を傾けた。今考えても、あれほど働いたことは他にない。ボクは百の「いらないモノ」を選び、二年間でやめると宣言していた（番組が好評で続投の要請をいただいたが固辞することになる）。

常に五つか六つの制作会社とその専任スタッフを抱え、二～三ヵ月前に与えたテーマの中間報告を聞くだけでもたいへんな仕事であった。幸い担当の重松プロデューサーの能力と勤勉さが、随分助けになった。

「こんな台本で番組ができるかっ！」と台本をディレクターに投げ返したこともある（実は、ボクはこれはモノになる、と思った男にしかこれをやらない）。皆ほんとうに一所懸命ついてきてくれた。

ボクの代表作「こんなモノいらない⁉」

第一回の「いらないモノ」が「ＮＨＫ」だったこともあって、最初から物議をかもしたが、視聴率も水準以上で、二〇％を超えた回もあった。テーマとしては「血液型性格判断」とか「交通取締」とかは特に人気があったように、憶えている。

もっと数字をとった番組はたくさんあるが、ボクの〝代表作は？〟とたずねられたら、躊躇《ちゅうちょ》なく「こんなモノいらない⁉」と答えるだろう。

こうしてボクの〝引退〟への花道はでき上った。ボクは二〜三年かけて、これをつくり上げる計画を立てていた。女房とはもちろん最初から話し合っていたが、仕事の面での責任者である事務所の社長にも打ちあけなければならない。

好都合なことに、このころすでに社長は近藤利廣から、弟の大橋哲也に引きつがれていた。永年の功労者である近藤には、ボクのもついくつかの会社のうち、CM制作会社である「サラブレッド・プロモーション」を無償で譲渡した。彼はこれにタレントのマネージメント事務も加え、現在も盛業している。

第四章　投資――お土産店を開業

ニュージーランド・クライストチャーチ店の店頭で

お土産店を始めたのは

さて引退劇の前に、その基本となった「OKギフト・ショップ」について書いておかなければなるまい。

現在北米とオセアニアに七店をもつこの「お土産店チェーン」の起業について、ボクの事業家としての能力を高く評価して下さる向きもあるが、初めは全く無関係であった。

一九七一年、初のカナダ・ロケを「11PM」のために行ったボクは、この〝大自然の国〟に一目惚れしてしまった。ちょうど日本が高度成長のまっ最中で、ドルは稼ぎまくるが、町は公害で薄汚《うすよご》れていた。一方のカナダは、日本の二十数倍という国土に、わずか二千万強の人しか住んでいなかった。国は緑にあふれ、空気も水もおいしかった。

ボクはまず、「将来はこんなキレイな所に住みたい」と思った。翌七二年に再び訪れた時には、前述のオアさんのお宅に泊めていただき、ますますカナダ志向を強めた。

この年の撮影には、ボクらの仲人をつとめて下さった杉山四郎医博ら三人のお医者さんが同行した。今や日本でも大流行のRVの巨大版モーバイル・ホーム・ユニット（バスくらいの大きさで、七〜八人は宿泊可能）で西カナダをドライブ旅行する、というテーマであった。

無事撮影を終えてバンクーバーに戻った翌日、杉山先生たちはお土産を求めて街に出た。当時のバンクーバーには、日本語や日本円の通じるお土産店は一軒もなかった。彼らは丸一日かけてデパートや、カナダ人経営のギフトショップを回ったという。そしてヘトヘトになった割りに、目指したものの半分も手に入らなかった。

「大橋さん、この町はハワイや香港と比べて不便だねぇ」と、杉山先生は溜息《ためいき》をついて言った。ボクは「そこが良い所ですよ」などと言っていたが、事の重大さに気がついていなかった。

日本語が通じる店がない

帰国してそのフィルムは放映され好評だったが、日本テレビに苦情が来はじめた。（前年の）「11PM」を見てカナダに行ったが、キレイはキレイでも、日本語や日本円が通じなくて不便極まる、というものである。

ボクは知り合いの何人かに、出店をすすめてみたが誰も興味を示さなかった。年間カナダを訪れる日本人の数字を聞いただけで、ビジネスマンならノーと言うのが当然だったろう。

一方ボクはオアさんに将来に向けての〝投資〟をすすめられていたので、何ができるか考えてみた。二回の撮影を通じて知り合い、一歳違いという同世代のよしみもあって、日系カナダ人のゴードン門田氏とは親交が生じていた。

ゴードンに「日本食レストランは？」と相談すると、即「ダメです」という答えが返ってきた。理由の「もう三軒もありますから」というのは、現在ではもっぱら笑い話として使われている（現在バンクーバーには二〇〇軒近い日本食堂が存在する、念のため）。
そこで「お土産店」ということになった。こちらは前に書いたように、一軒もない。

「OKギフト・ショップ」船出

なぜ一軒もなかったかは、今では明確に理解できる。需要がないのだ。七三年の六月、ボクが社長および筆頭株主、ゴードンが（日本流に言えば）副社長と第二株主、放送作家の河野洋（彼はある事情で日本を出たがっていた）がマネジャー兼マイナー株主という、三人の投資でスタートした「OKギフト・ショップ」は、半年も経たないうちに倒産の危機に直面する。

夏のうちはボツボツ客がきたが、一〇月に入るともう誰も来ない。売り上げゼロの日がつづく。洋の母親を含む三人の売り子さん達が、自腹を切って五〇セントの鉛筆などを買って、帳簿上の「ゼロ」をなくしていたという話をあとで聞いて、ボクは涙が出そうになったものである。

倒産の危機、実業は難かしい

年が変わっても事情は一向に好転しなかった。七四年の夏の日本人観光客の数は倍増したが、それでも絶対数が足りない。そのうえ秋とともにその数は激減する。それまでも身を切られるような思いで増資していたが（何しろ一ドルが二〇〇円台の時代である）、この年の冬ボクは最後の一万ドルをもってバンクーバーを訪れた。

「この金は店を閉める時に、従業員に退職金として用意したものですから、手をつけないで下さい」というと、ゴードンは「この国には退職金という制度はありません」という。しかし「ボクは日本人だし、働いてくれている人も日本人ですから、ボクの気持が済まない」というと、彼はボクをBC銀行（現在はホンコン銀行に吸収されて存在していない）に連れて行った。

ここでボクらは中国系カナダ人のマネジャーに、この金を〝回転資金〟として預け、一定の融資をうけることができた。

しかしボクはその説明を、上の空で聞いていた。自分だけの責任において自由にやってきたタレント商売と違って、いかに実業の世界が難かしいものであるか、を思い知らされていた。

もう一千万円以上の金をつぎこんだが、来シーズンまでもつかどうかわからない。ただ根っからの楽観主義者《オプティミスト》のボクは、失ったものが金だけで済めば結構と、腹をくくっていた。

カナダ・ブームが到来

奇蹟は翌七五年に訪れた。突然カナダ・ブームになった（実は七一年以来つづけていたカナダ撮影――放映が実を結んだのだが）。折からの高度成長にともなって、海外旅行ブームが起こっていたが、特にカナダは女性に圧倒的な人気を呼んだ。怪し気な買春ツアーが一方で流行《はや》っていたが、カナダはそうしたものとは全く無縁だったのも幸いした。

この年のゴールデン・ウィークから九月までの間に、前二年の総売り上げに倍する売り上げを記録し、OKギフトは倒産の危機を脱したのである。

それでもボクは投資した金を回収しよう、とは思わなかった。ボクの個人的な収入は、日本での収入にプラスされて、ほとんど税金としてもってゆかれてしまう。当時は地方税と合わせて八〇%以上払っていたはずだ。

バンフに二号店をオープン

ボクはゴードンと相談して、次の投資に目を向けた。日本の観光客の圧倒的人気は、カナディアン・ロッキー、それもバンフに集まっていた。

この人口五〇〇〇の田舎町は、国立公園の中にあり、土地を所有することは許されていない。すべて連邦政府からのリースになる。ボクらはバンフ・アヴェニューの真ん中に、ギリシャ人がもっていた木造二階建ての建物を借りて、OKギフト第二号店をオープンした。七六年のことである。

ただし、ゴードン以下スタッフ全員の反対を押し切って、建物の三分の一を、地元の本屋さんにまた貸し（サブリース）した。ボクはこれを亡父の遺産と思っている。父は常に「商売は〝小さく始めて大きく育てる〟のがコツ」と言っていた。

もちろん店はバンクーバー以上に繁昌し、三年後には契約の切れた本屋さんに出ていってもらって、店を拡張し、更に利益は上がった。

三分の一の家賃収入を確保してビジネスをスタートし、のちに拡大する。もしこれが逆で大きくスタートして赤字を出し、三分の一のサブリースをしようとしたら——家賃を叩かれるのが関の山だろう。

順風七店に成長

このあとの一五年間は順風満帆であった。八六年にナイアガラ店をオープンし、八八年にはニュージーランドのクライストチャーチに進出を果した。

つづいて東急百貨店とのジョイント・ベンチャーで、オークランド、オーストラリアのケアンズ、ゴールドコーストと、全七店まで成長を遂げた。

ナイアガラのあと南半球に飛んだには理由がある。カナダの成功で、われわれの所にはシアトルをはじめ、アメリカから誘致の話が多くきた。しかしボクはすべて断わった。理由はアメリカ合衆国の理不尽な「銃社会」への恐怖であり、反発である。もしボクの店で従業員やお客様に銃が向けられたら——と思うと、とてもアメリカに店を出す気になれなかった。

美しい自然が求められる

そのうえボクにはひとつの確信があった。小さな島国に巨大な人口を抱えるわが日本国は、どうしても貿易立国で行かざるを得ない。そのためには、美しい国土をけずっても工業化が進むだろう。

今でこそ都市観光に人気があるが、そのうち美しい自然を求めて海外へ旅行するようになる。その対象として、カナダの次にニュージーランド、そしてオーストラリアとなったのである。

この七店でもうお終いである。これ以上はボクの手に負えないし、「大橋巨泉の店」と名乗る以上、人に任せっきりにはできない。ボクは常にその「内容」に関与していなければ気が済まないのだ。

第二の危機、旅行客が激減

第二の危機は、一九九一年の湾岸戦争とともにやってきた。ちょうどバブル経済の崩壊と時を同じくしていたので、海外旅行客が激減した。特に北米は影響をうけた。

ずっと右肩上がりの商売をしてきただけに、スタッフのショックも大きかったようだ。ボクは全マネジャーを集めて会議をひらいた。

「今までは来てくれたお客様に当地の土産物を売るだけの商売。これからは喜ばれるであろう商

品をつくって、お客様に来て
いただく
商売にする」と言った。

そのための商品開発、そして日本全国規模の営業活動が最重要になる。それで、当時バンクーバー店長だった中川裕次を、営業本部長というポジションにつけた。そして総支配人のS・J・キムに店長を兼任するよう要請した。

あの時は皆不満気であったが、現在は「さすが社長の人事」と言っているらしい。先日その話を聞いて、生れて初めて〝事業家〟として賛《ほ》められたような気になった。

来ていただく商売にしよう

「これからは〝守り〟と〝攻め〟を同時に行わなければ生き抜いてゆけない。不況をチャンスと思え」とボクは言った。無駄を省いて体力をつけ、不況を乗り切れば、競争相手が倒れて、自然にOKギフトのシェアが増える、とボクは信じていた。そのためには、中川と東京事務所の南雲輝政、鈴木盛人の猛烈な働きが不可欠の条件であった。

東京のオーケー商事は、もともと帰国したお客様のクレームを処理する事務所であった。しかし不況になって、はじめて大きな活動の場が生じたのである。南雲も鈴木も（もちろん中川も）、まさに水を得た魚のように動き回った。

時にはボクの名前や参加が必要になるプロジェクトも出てきた。ボクはスケジュールの許すかぎり、積極的に店のために動く。今考えてみると、九〇年にセミ・リタイアしていて良かったと思う。今もレギュラー番組にしばられているとすると、これほど店のための活動はできなかったのだから。

お土産は思い出になるものを

新商品の開発にも積極的に動いた。ボクの考えでは、日本の海外旅行者の、お土産に対する考え方は大きく変わっていた。

七〇年代には、まだ海外旅行は〝一生に一度〟の体験だったはずだ。オーバーに言えば、〝水《みず》盃《さかずき》〟で出かけたようなもの——その証拠に多くの人が、親類縁者から「餞別《せんべつ》」をもらっていた。したがって土産は、文字通りその土地のものでなければならなかったのだ。多くのお客様が、商品の裏を見て、「何これ? メイド・イン・ホンコンじゃない」と言って棚に返すのを見ている。しかしこの状況は、八〇年代を通してだんだん変わってきたのを、ボクは観察していた。

今や海外旅行は、一生に一度どころか、何回もくり返すものとなった。変な話だが、冬場に伊豆の川奈へ行って、川奈ホテルに泊り(泊らないとゴルフをする権利がない)、二~三日ゴルフをするより、グアムやケアンズ(ハワイと違って時差が少ない)へ行ってゴルフをしてくるほうが、安いという世の中になっているのだ。

海外旅行に対する概念が変われば、必然的にお土産についての考え方も変化する。餞別ももらわないから、土産品も〝お返し〟や〝義理〟から、趣向が強くなる。自分のための買物や、ごく親しい人へのお土産が主になってきた。ということは、「その土地のもの」にこだわるより、「思い出になるもの」――さらに「おもしろいもの」を求めるようになる。

新商品を開発

オーストラリアのケアンズ店に、ジョージア・バーントというオーストラリア人の女性が勤務していた。白人にしては小柄な美人だったが、売り子より将来はデザイナーになりたいと言って、ヨーロッパに勉強に行ってしまった。

二年ほどして帰国したジョージアは、ゴールドコースト店に再就職したが、ボクは支配人の木村美実《よしのり》に「彼女に何かデザインさせてみろ」と言った。彼女は早速ボクの顔写真（事務所でロゴに使っていた）をアレンジして、女性用のスカーフを作って、木村はそれを店の売り子さんの首に巻かせたのである。

すると目ざといお客様が、「それは何？　売ってないの」ということになった。すぐに量産して、今や各店で人気商品のひとつになっている。

ロゴ写真のつぎは、ボクの漫画を描いた。ボクは「ボクより藤原弘達さんに似ている」といやがったのだが、よく売れるというので我慢している。

特に「巨泉クン人形」のついたキーホルダーは、修学旅行の高校生がまとめて買うようになった。日本のどこかの高校生のカバンに、ボクの首がぶら下っていることを想像するとあまりゾッとしないが、それでも良いと割り切っている。

石坂浩二描くTシャツ大人気

石坂浩二Tシャツも、一大人気商品になったが、最初はボクが彼の画才を知っていて、直接依頼したものである。完全主義者の兵《へい》ちゃん（彼の本名は武藤兵吉——太平洋戦争の始まった年に生れたのだ）は、カナダ、オーストラリア、ニュージーランド、それぞれの国へわざわざ出かけて行き、動植物や景色を見て回ったうえで描いてくれた。人気が出るのも当然である。

こうしたものはOKギフトでしか売っていない。これら以外にも、地元のサプライヤーと常に話し合って、当店独自の商品をつくり出すよう、各マネジャーに命じてある。これが徐々に結実しているのだ。

人真似をせず中味を充実

考えてみると、ボクはテレビ界でやったことを、リテール・ビジネス（小売業）でも実行したことになる。

「人の真似をせず、自分だけの番組をつくる」の〝番組〟を〝商品〟としてみればよくわかる。

また「内容に自ら関与し、やると決めたら完全主義で臨む」も実行した。

さらに事業に最も必要なものは、金でなく〝人〟だということも身に沁《し》みてわかった。金は貸してもらえるが、人は自分で育てるしかない。これもかつて、見こみのあるディレクターには厳しく接したように、これと思った人材には人一倍きびしくした。それでもついて来るようなら、将来幹部になる、と考えた。実際その通り動いているところを見ると、この方法はまちがっていないのだろう。

ハッキリ告白すると、OKギフトの社長業より、タレントをしているほうがずっと楽だ。好きな言葉ではないが、テレビ界のドン的存在となったボクは、大きな顔をして仕事ができた。

中小企業の社長としては、四方に頭を下げなければならない。しかし後半生を自分で演出するには、「その場にいなくてはならない」芸能人は向かない。どんな大スターでも、タレントは「その場に、その時間にいなくては」商売にならない。したがって現在のように、太陽を求めて動く〝ひまわり生活〟は、テレビのレギュラー番組をもっていては、ほぼ不可能なのだ。

まわりの人は「撮りだめ」すれば可能と言ったが、ボクはハッキリ断わった。世の中の動きは早く、情報はさらに速い。何ヵ月も前に撮ったVTRを流すのは、ボクの完全主義が許さなかった。

そして一九九〇年の三月一杯で、レギュラー番組をすべて降板し、セミ・リタイア生活に入ったのである。今でも週刊誌（「週刊現代」）や新聞（「朝日新聞」夕刊）にコラムをもち、帰国時にはテレビやラジオにゲスト出演するから〝セミ〟なのであり、OKギフトの社長業も〝セミ〟のうちである。

完全にリタイアするのは何歳になるかわからない。しかし念願のエイジ・シュート（ゴルフで自分の年齢と同じか少ないスコアで回る）を達成するまでは、心身ともに健康でいなければならない。

〝身〟のほうは日常の運動と、バランスのとれた食事で管理できるが、〝心〟のほうはストレスの解放と同時に、ある程度「アップ・トゥ・デイト」しておかないと、ボケが早くきてしまう。そのための〝セミ〟であり、外国の友人はほとんどそうしている。それはコンサルタントでも、ボランティアでも、趣味でも一向に構わないのである。

第五章　趣味は人を助ける

ゴールドコーストのゴルフ場で
カンガルーとゴルフ

遊ぶことも良いこと

第一章に記した通り、趣味のない後半生など無《な》きに等しい。夢中で仕事をしている若い時代でさえ、趣味は仕事の疲れをいやし、明日への活力の源となるのだから、後半生はまさに人生の〝主役〟にさえなるものである。

ところが世の中には「仕事が趣味」と公言してはばからない人がいる。そんな人ほど地位にこだわり、実際に引退せざるを得なくなると、別人のようにしぼんでしまい、アッという間に老けこんでしまったり、ボケてしまったり、中には自殺してしまう人さえある。

こんな本が出るくらいだから、そういう人はこれから減ってゆくのだろうが、若いうちからもっと趣味を大切にしたいものである。

ボクが初期の「11PM」で力説したように、「働くことも良いことだが、遊ぶこともまた良いこと」なのだ（鎌倉時代以来日本人は為政者から「働くことは良いこと、遊ぶことは悪いこと」と言う誤った観念を植えつけられてきた）。

晴耕雨読のために

趣味といえば全く個人的なもので、他人がとやかく言うものではない。ただ後半生ということを視野に入れた場合、最低二つはもちたい。

ひとつは運動に関するもので、ゴルフでもゲートボールでも、散歩でも何でも良い。運動不足は後半生の敵である。

そしてもうひとつは室内でできるもの。できれば手先を動かすものが良く、ピアノでもギターでも編みものでも——こうしたものがボケ防止に役立つのだそうだ。よく晴耕雨読というが、やはり家の内外、それぞれに最低ひとつずつもっていることが望ましい。

ボクは趣味人間といわれたほどたくさんもったが、今は相当しぼられている。ゴルフとジャズが二大趣味といえよう。あとアメフトや野球などのスポーツ観戦、映画と読書、あまり指さなくなったが将棋、フィッシング、旅行、アンティークの蒐集《しゅうしゅう》なども折に触れて楽しんでいる。

広く浅く始めて、いくつかにしぼってきたボクの趣味の歴史をたどってみよう。

俳句——自由な句作を

俳句のことは第二章に、すでにかなり詳しく書いた。野球、ジャズと並んで、ボクにとっては最も古い趣味といえるだろう。しかし一九五六年、早大を中退して以来、ボクは全くと言って良いほど句作をしていない。

前述のように後輩寺山修司の才能に、絶望的に圧倒されたことがおもな原因だが、（寺山もそうだったが）俳句という短詩自体に、ひとつの限界を見たことも確かである。

数年前に早大俳研のＯＢ会に出席し、たまたまつくった、

屈託《くったく》があって見ている夜の桃

という句が、全員の点数を集めて（ボク自身を含めて）皆をびっくりさせたが、あれはフロックであった。西東三鬼《さいとうさんき》のパロディーであり、全くの遊び心である。

再び日本で俳句ブームのような話を聞くが、新聞の俳句欄などで見る限り、非常に保守的な句が多く、やはり興味をひかない。ただ四季のある所に住み、園芸や散歩などを趣味にされる方には、おすすめできると思う。

その場合、あまり季題や定型にこだわらず、自由な句作を楽しまれることをおすすめする。永六輔、小沢昭一さんらがもたれているような句会が理想的だと思う。季語とか写生とかいう方法論にこだわるより、日々の感情を「もの」に即してうたう、ということでよく、その意味では短歌でも川柳でもよいのではないかと考えている。

野球――日本プロ野球、立ち直れ

われわれの世代は、スポーツといえば野球か相撲しかなかった。戦後の焼け野原で、木をけずってバットを作り、ボロ布を集めてボールを縫って、三角ベースに興じたものである。

一時日大一高の野球部に入ったこともあったが、補欠であった。ボクの場合体力的には恵まれていたのだが、何しろ強度の近視というハンデがあった。それが草野球以上のレベルに上れなかった唯一の原因である。

だから草野球では常に上位で、ジャズ評論家時代につくった「イースト・コースターズ」というティームでは、監督、サードで三番を打ち、常に三割打者で盗塁王であった。もしゴルフという魔物と出会わなかったら、今でも草野球をしていたかも知れない。

観戦のほうの歴史は古く、戦前の幼時にすでに父や祖父につれられて神宮に通ったらしい。二人とも徹底した早稲田ファンで、常に早大側であった。

父の話によると職業野球（プロ野球のこと）にも連れて行って、ボクは沢村栄治を見ているらしいが、全く記憶にはない。したがって早稲田と巨人のファンとして育ち、戦後帰京すると後楽園へ行くようになる。「川上の赤バット、大下の青バット」の時代で、昭和二〇年代のプロ野球の全ティームのラインナップを諳《そら》んじていたほどのファンであった。特に巨人の場合は、春先の練習を見に後楽園へ出かけたこともある。

したがってのちにテレビで「野球は巨人、司会は巨泉」というキャッチフレーズを使ったのも、全く自分の心から出たものである。

あれほど愛したジャイアンツを自ら捨てたのは、今から一〇年程前のこと。ある事件がきっかけになって、このまま読売の横暴を許していては、日本のプロ野球が衰亡してしまうと気がついたからである。いくら巨人が好きでも、巨人を「野球」の前に置くわけにはゆかない。

アメリカではマグワイヤやソーサが七〇本やそれに近いホームランを打って、一時ストライキ等で低下した人気も復活してきている。にもかかわらず日本では、王貞治の五五本から三〇年経っても、ほとんど四〇本も打てない。

これはなぜかと考えた。この本の主旨ではないので詳述は避けるが、すべては巨人をもつ読売に源を発していることを知った。他の事ではいっぱしの事を言う人（例えば石原慎太郎、北野大、テリー伊藤等）も、こと巨人のことになると、すべて認めてしまっている。ひいては日本の民主主義を妨げている原因も、ここに発するという結論に達し、一転してアンチ巨人となった。

今年（二〇〇〇年）の一月四日「ニュースステーション」でのボクの発言が大きな反響を呼んだらしいが、すべてはこれからである。日本のプロ野球を生かすも殺すも、全国の巨人ファン次第といって良い。

彼らが、読売が正道に戻るまで巨人ファンを止め、読売新聞の購読をやめれば、日本のプロ野球は立ち直ると信じてやまない。

大リーグ観戦を楽しむ

ところでボクの熱狂的ジャイアンツびいきは、五〇年代にすでにアメリカに飛び火して、ニューヨーク・ジャイアンツのファンになった。理由の一つは名前だったが、二つめはウィリー・メイズのすばらしいプレイぶりであった。オールスターの一員として来日したメイズのサインが欲しくて、後楽園球場の外で一時間も待ったのも懐かしい。結局メイズは他の出口から出たらしく、貰《もら》うことはできなかった。六十数年の人生で、ひとのサインがあれほど欲しかったことはない。

凄《すご》い選手だった。ホームラン六六〇本（歴代三位）のバッターで、常に三割を打つ確実性（通算安打数三二八三本、歴代九位）、打点一九〇三（通算七位）、更に「メイズ・キャッチ」（フライを腹の所で捕る）で知られる守備の名手で俊足のランナー――「完全な選手（パーフェクト・プレイヤー）」というものが存在するとしたら、この人をおいていないだろう。

ベーブ・ルースもマーク・マグワイヤも、テッド・ウィリアムスもピート・ローズも何かが欠けている。メイズには欠点がない。現在それに近い選手が二人いる。同じくジャイアンツ（サンフランシスコに移ったが）のバリー・ボンズと、シアトルからシンシナティに移ったケン・グリフィーJr.である。日本にはまだいない。王《ワン》ちゃんが俊足だったら、イチローにホームランがたくさん打てたら……という夢があるだけである。

あれから半世紀を経て、いまだにボクはジャイアンツのファンである。さいわい夏場はカナダかアメリカに住んでいるので、彼らの試合を二〇回くらいはテレビで見られる。ラインナップは諳んじているし、ダスティー・ベイカーは大リーグで一、二の名監督だと思っている。今年もプレーオフ進出のチャンスはあろう。

一方のアメリカン・リーグでは、住んでいる所の関係で、トロントとシアトルを応援している。ナイアガラに「OKギフト」がある関係で、毎年トロントには一週間ほど滞在する。その時はスケジュールを合わせ、必ずブルージェイズの試合を見に、スカイ・ドームに行くようにしている。主砲のショーン・グリーンを失ったのは痛いが、投手陣が充実した今年は、ヤンキースに対抗できるか。

シアトルはサマーハウスがワシントン州の北にあるので、ほとんど毎日テレビで見られる。今年はグリフィーを失ったので評価が下がっているが、ボクは逆に良いクスリになると考えている。日本の巨人と同じで、あまりスター打者に頼りすぎる欠陥があったマリナーズだけに、もっと細かい野球ができれば、かえってプラスになる。

何といっても大魔神佐々木主浩投手が加わった。彼が抑えのエースになれば優勝も夢ではない。今年は久しぶりにシアトルまで応援に行こうかと考えている。

メジャー・リーグを見なれてしまうと、日本のプロ野球は、アマチュア野球のようでつまらない。体力――とくに肩力と走力の差がある以上に、いつまでもせこい〝点取り〟主義が嫌だ。一回に無死走者が出ると、すぐ二番打者にバントさせる。これでは高校野球と同じではないか。年間一対〇の試合が何回存在するというのだ。もっと豪快で、エンターテイメントのある試合をして欲しい。

読売さえ改心してくれれば、日本でもそうした野球が見られるようになるだろう。その日が来るまで、ボクの心はメジャー・リーグとともにあると思う。

ジャズ――名作を繰り返し聞く

ジャズは一時ボクの職業であったが、六六年以降ボクがタレントになってからは、再び趣味の範疇《はんちゅう》に戻った。いつでも、どこにいても新しいレコード（今やＣＤ）を求め、好きなミュージシャンのコンサートやクラブ出演があれば出かけている。

この一〇年程は、六月下旬のバンクーバー・ジャズ・フェスティヴァルに欠かさず参加している。ただしジャズは、すでに衰退していると言ってよいと思う。これもこの本の主旨ではないが、もともとそういう宿命にあったのかも知れない。

ボクがジャズに惹《ひ》かれる経緯はすでに書いたが、その魅力は二つあった。ひとつはそれまでの音楽と逆のシンコペイション（四拍子なら二と四にアクセントがくる）をもつ四ビートのリズムと、もうひとつは原メロディーを崩して自分なりに演奏するアドリブ（即興演奏）である。誰でも他人のやっていないことをやりたいのだが、残念ながら音は十二しかない。

そこで四〇年代にチャーリー・パーカーやディジー・ガレスピーのような天才達がビーバップと呼ばれるモダン・ジャズを生み出した。これは主としてハーモニーの進行を細かく限定する革命であったが、しばらくするとそれ自体にしばられて、同じようなフレーズになってしまった。

そこで六〇年ごろに、マイルス・デイヴィスやジョン・コルトレーンが、全く逆のモード奏法を生み出した。そこからフリー・ジャズが生れ、ジャズはますます難解になってしまった。

ミュージシャン達は良いかも知れないが、聴衆こそよい面の皮、知った顔で拍手はしているものの、内容は理解できない次元のものになっている。この演者と聴衆との乖離《かいり》が、ジャズの衰微につながっているのだ。

なぜジャズは、クラシックのように、名作をくり返し聞いてはいけないのか。ボクは一向に構わないと信じている。

レスター・ヤングやチャーリー・パーカー、クリフォード・ブラウン、ビリー・ホリデイ、サラ・ヴォーンらの名演・名唱は、何百回くり返し聞いても、変わらぬ感動を与えてくれる。ボクにとってジャズは、ほとんど「レコード芸術」と化してしまった。クラシックと同じである。

そしてこれは、セミ・リタイア後ボクがボランティアで手がけた番組（NHK・BSの「巨泉のジャズ・スタジオ」やTBSラジオの「ジャズABC」）で、十分に証明されたと思っている。

これからも死ぬまでボクは、ブランデーを片手に、夕食後のジャズを楽しみつづけるであろう。ジャズに限らず、あらゆるすぐれた音楽を趣味としてもてた音感を有する人は、幸運な人達である。

釣り――一番古い趣味

釣りは、正しくは一番古い趣味であったかも知れない。ボクと違って趣味の少なかった父にとって、釣りは読書と並んで戦前からやっていたものである。

ボクは今でも、小学校に入る前後の少年時代、父に連れられて行った釣りのことを憶えている。今や埋め立てられてディズニーランド等になってしまった京葉海岸に、ハゼやキスを釣りに行った。房総半島までフナやハヤを狙いに行ったこともあった。そんな釣りの帰りに見つけた土地を買って、父がわれわれ家族を疎開させたことはすでに書いた。

その千葉県横芝町に流れる栗山川の魚は、父とボクで釣りつくしたと言ったら過言になろう。しかし疎開した四三年には常に〝入れ食い〟状態だったこの川の魚が、帰京する四七年ごろには、何かと工夫しないと釣れなくなっていたのは事実である。

タンパク源とカルシウムが極端に欠乏していた戦中から戦後にかけて、父とボクが釣ってくる魚（コイ、フナ、タナゴ、イナ、手長エビ等）は、家族にとって貴重な食材であった。

父は東京に出ると、新しい仕掛けや餌《え》を仕入れてきた。土地っ子の素朴なそれらとは格段の相違があり、釣果《ちょうか》に大きな差が出るのがうれしくて仕方がなかった。ふだんのいじめに対する、ささやかな報復の意味もあったと思う。

帰京してからは、電車に乗って葛西橋付近にハゼ釣りによく行った。これまた家のおかずを釣りに行ったので、川魚屋の娘だった母の揚げる天ぷらはいつもうまかった。

高校・大学と、他にやることが多くて（色気づいてと言ってもよい）しばらくは離れたが、ジャズ評論家になって復活する。可愛がってくれた南里文雄さんに、よく東京湾につれて行っていただいた。昭和三〇年前後の東京湾はまだキレイで、モヨ（メバルの一種で絶滅した）や縞鯛《しまだい》（石鯛の子）などがよく釣れ、またひどくおいしかった。クラリネットの名手、北村英治とは兄弟のようなつき合いをしていたが、二人でよく横浜に行った。特に早朝のフッコ（スズキの子）釣りと、アイナメ釣りに夢中になり、一睡もせずに出かけたこともたびたびあった。ある時釣ったフッコを塩焼きにしたら、油臭くて食えなかった。

こうして、公害がボクを東京湾から遠ざけたのである。

外国でも楽しい釣りを経験

このように釣りは常にボクの側《そば》にいた。だから「11ＰＭ」でフィッシングが始まったとき、ボクは率先して撮影に参加した。タレントとして売れてしまったので、参加する回数は限られてゆくが、ボクはいつも横田ディレクターに、できる限り参加したいと伝えていた。お陰で、日本だけでなく、外国での楽しい釣りの経験をたくさんさせてもらった。一〇〇キロ級のカジキを釣ったこともあるが、ボクにとっての釣りのダイゴ味は、あくまでサーモンや鯛とのやり取りを楽しむことである。

ボクが釣りを好きなのは、水の中で自由に動ける魚を、陸上の動物である人間が、知恵を武器に誘惑して釣りあげるからである。これを底曳《そこび》き網や定置網でとってしまっては、趣味としてのフィッシングの意味はない。

七〇年代に滅茶苦茶に凝ったダイビングも同じだ。ボクはタンクを背負って魚を漁るダイビングはやったことがない。こちらも魚と同じく水の中に長時間いられるなら、鉄砲で魚をとるのはフェアでない。やはり〝素もぐり〟で対決してこそおもしろい。今は全くやめてしまったが、息を止めて岩につかまって魚を待ち、ねらいを定めて水中銃で魚の前方の一点を射つ。うまくタイミングが合って、魚に当たった手応えのすばらしさは、やった人間でなければわかるまい。

食べてこそ釣り

伊豆半島の伊東市に越したのも、ゴルフと釣りができるからであった。女房と二人で夕方防波堤にゆき、小鰺を釣って、タタキにして食べる醍醐味《だいごみ》は忘れられない。

異論もあろうが、ボクは父の「釣った魚は必ず食べること。食べないなら釣るな」という哲学に全面的に賛同している。だからほとんどの魚はさばけるし、魚料理もできる。ただし視力の衰えを理由に、今はすべて女房の仕事になっている。魚が苦手な彼女は、最初は触ることもできなかった。しかしフィッシングはすぐに好きになったので、仕方なく包丁を握るようになり、今ではボクより巧くなった。めでたし、めでたし、である。

今住んでいる所では、オーストラリアとニュージーランドが圧倒的に上位である。前者はキスとコチと黒鯛の宝庫、後者は真鯛、カレイ、虹マス等がよく釣れる。

引退後のスポーツとしては、実益を兼ねることもあって、実に有用な趣味だと思う。ただし「水の怖さ」を知ることだ。趣味はあくまで趣味、絶対に危険を犯してはならない。特に〝毎日が日曜〟の引退後は、気象等の条件が悪い時には、まずやめることだ。

将棋――山口先生宅で復活

将棋も父に教わった。前述の『生意気』によれば、高校二年くらいで父と互角だったようである。父より祖父が強く、素人初段くらいあったらしいが、祖父との対局の記憶はほとんどない。青木繁夫という好敵手がいた高校時代までは結構指していたが、大学に入ると例の理由で盤から遠ざかり、その後十数年間ほとんど指していない。ただ嫌いではないので、新聞将棋はよく読んでいた。

ところが一九七一年の正月、とんでもないことが起こった。このころボクら夫婦は、毎年元旦、国立市にある山口瞳先生の家にお年賀に行っていた。お宅には編集者、作家、競馬関係者、そして数人の将棋の棋士が集まる。あちこちでプロアマ戦が始まる。先生は文壇で一、二を争う名手だったが、ボクは定跡もロクに知らなかった。

そこで先生から「大橋さんも指してみませんか」と言われた時、縁台将棋の気持で気軽にハイと答えた。盤の向うには、イガ栗頭の少年が座っていて、先生は「この少年は今は奨励会の初段ですが、将来はA級八段になる力をもっています」という。

しかし事情を何も知らないボクは、こんな坊やに飛車角落としてもらうと聞いてカッとなった。当然平手だと思っていたようである。矢倉に組んで、ただただ攻めて行ったらしいが、たちまち不利に陥った。当然だろう。

ところが終盤に入るあたりで、9一にあって取れる香車を取らずに、角を7三に成ったら、少年が「ふーん」と言って考えこんでしまった。

それからいくばくかして、少年が「負けました」と言ったら、山口家中にいた人々が集まってきてしまった。瞳先生は「巨泉はすごい」とか「天才だ」とか言って騒いでいる。

棋士たち（米長や大内や芹沢などがいたと思う）が「並べて見て」と言う。いわゆる感想戦というやつだが、ボクは指した手なんかすっかり忘れている。ところが少年がすべて憶えていて、「こう指しました」と言ってくれる。皆が7三角成のところで唸《うな》っている。

いわゆるフロック勝ちで、あまりの定跡知らずに上手がちょっと手を抜いたところへ、偶然の好手が出たのだろうが、これがボクを将棋にのめりこませるキッカケとなった。因《ちな》みにこの初段の少年は、のちに瞳先生のいう通りA級八段に上がった、真部一男君である。

こうしてボクは七〇年代から八〇年代にかけて猛烈に将棋に凝った。ある程度の素質（祖父のDNA？）もあったのだろうが、瞳先生の影響が何といっても大きい。先生を通じて、米長邦雄、大内延介両八段（当時）と親交を結び、みるみる上達し、アッという間に三段の免状をもらった（現在は名誉の五段）。実際ある時期はそのくらいの力があり、講談社から『プロを攻略する巨泉流飛車落定跡』なる〝生意気〟な本まで上梓《じょうし》している。

将棋と禁煙は両立しがたい

それほど夢中になった将棋からなぜ遠ざかってしまったか。

ひとつには伊東への転居で対局の機会が減ったこと、二つ目は持病の腰痛に悪いこともあるが、最大の理由は煙草である。たまに将棋会所に顔を出しても、文壇棋戦のようなものに参加しようとしても、目の前でプカプカ喫われるのは、たまったものではない。後述するように、必死の思いで止めたのに、他人の副流煙の餌食になるのは真っ平である。

今でもNHKの将棋はVTRにとらせて、どこにいようとすべて見ている。「将棋世界」も購読しているし、新聞将棋も欠かさず読む。しかし禁煙将棋クラブでも出現しないかぎり、もう将棋を指すことは、ほとんどないだろう。しかし囲碁、チェス等を含めて、こうしたゲーム類は頭脳のリフレッシュにもってこいで、リタイア後の趣味としてはおすすめしたい。

麻雀――ギャンブル性強くて衰退

一時はボクの代名詞のように言われた麻雀を、ボクは最低一五年は打っていない。こちらも二つの理由は将棋と同じである。副流煙と腰痛対策だが、三つ目は全く違う。日本人がルールをどんどん変えてしまい、現在は本来の麻雀とは似ても似つかぬギャンブルとなってしまったからだ（そして見るも無残に衰退してしまった）。

そもそも麻雀があんなにおもしろかったのは、ゲームとギャンブルの中間に位していたそのルールにあった。碁・将棋ほど実力がものをいうゲームではない。かといってルーレットや丁半トバクのような偶然性に賭《か》けるギャンブルでもない。たとえば将棋でボクと羽生善治が百万回対局しても、羽生の全勝である。ところが丁半で丁が出る確率は、誰にでも五〇％。麻雀はどうかというと、プロ級が普通の家庭麻雀の打ち手三人の中に入った場合、半荘四回でプロ級がプラスする確率は八〇％だろう。逆にシロウトが一人でプロの中に入っても、勝つ確率は二〇％以上ある（もっと長い間やればその差は広がるが……）。

要するにこの確率の悪さに、下手な人が文句を言い出し、上手《うま》いほうが妥協してルールを変えて行ったのだ。まず「裏ドラ」なるものをつくり偶然性を強めた。それでも足りず、「ノーテン罰符」だの「焼トリ」だのと、ますますギャンブルに近づけて行ったのである。

ボクは今でも「11PMルール」あたりが、一番おもしろかったと考えている。ゲーム性とギャンブル性のバランスが取れていた。打ち手がそろった場合の麻雀のおもしろさは抜群であった。伊東の家に、阿佐田哲也、畑正憲両氏を招いての一戦（あと一人は小島武夫だったか、福地泡介だったか）など、ほんとうに気合が入って、時の経つのを忘れるほどであった。

世の中で誤解されているようだが、ボクは決してギャンブルが好きではない。むしろ嫌いに属するかも知れない。ボクが好きだったのは麻雀にしても競馬にしても、あくまで〝推理のゲーム〟であった。したがって現在年の四分の三はカジノのある所に住んでいるが、全く近寄らない。スペキュレーション（投機）には興味がないのである。

したがってリタイア後の趣味としては、あまり麻雀はおすすめできない。まず四人を確保するのがたいへんだし、金のやりとりを伴うので、人間関係のマイナスにもなり得る。どうしても長時間室内にいるので、健康面でもプラスにならないと思う。

競馬は馬の成長を楽しむもの

これは一時期、麻雀以上にボクの代名詞で、プロの予想家ないし評論家として、年間数千万円の報酬を得ていたのだから、もはや趣味とはいえなかった。

しかし初めは全く趣味であった。もともとボクは自分でプレイできないレース類は嫌いで、競馬も競輪も手を出したことがなかった。

六三年だったか、偶然ジャズメンに誘われて買った馬券が大外れして、興味をもったのだから、ちょっと変ったスタートである。普通はビギナーズ・ラックで当たり、そこで病みつきになるものだが……。

最初は「情報の集積による蓋然性《がいぜんせい》」によりオッズが決ってゆくことに興味をひかれた。そして「口をきけない馬」をめぐって、〝人気と着順のいたちごっこ〟が行われていることに気がついた。そのうちに血統という魔物のとりこになり、二進《にっち》も三進《さっち》も行かなくなった。

自分の馬をもつようになり、日本の競馬の現状や将来に不安をもった。それがボクを競馬評論への道に進ませたのである。競馬の著書も十冊くらいは出しただろう。

ラジオ関東、つづいてニッポン放送での解説は、多くの支持をいただいた。創刊からたずさわった「競馬エイト」紙における予想も、他の誰よりも的中率が高かったと自負している。

しかし、声を大にして言わせていただくと、競馬は〝所詮《しょせん》いい加減なモノ〟だ。これはボクの親友であり、ボクが一番高く評価していた予想家、宮城昌康（故人）の至言である。

人間の競走にだって番狂わせはあるのに、口のきけない馬のレースの、しかも一着二着の着順を当てるなど、正気《しょうき》の沙汰《さた》ではない。

競馬の楽しみ方は、大金持が自分の馬を走らせて楽しむか、一般人がそのつもりになって少額の金を賭けてその馬の成長を楽しむか、この二つしかない。それがわかったから、日本に定住しなくなった時、ボクは競馬からきれいに足を洗ったのである。

今はカナダやニュージーランドの小さな競馬場に、年に一回か二回足を運ぶのみだ。それでも美しい馬が走るのを見るのは大好きである。五ドルほどの馬券を買って応援する。それで十分。あちらは日本ほど情報が十分でなく、調教タイムもないし、ましてや馬体重なども載っていない。最初は不満だったが、これが正しいのだと思うようになった。

日本のように、これでもかと情報を与える競馬は危険である。つい〝勝負〟したくなってしまう。しかし競馬は所詮〝いい加減なモノ〟で、勝負などするものではない。まして引退後においてをや。あまりおすすめしたくない趣味である。

因みに日本でも馬券はたまに買うが、女房から買うので、ボクが損をしても、〝大橋家〟は損をしない方式になっている。これならおすすめするし、十分熱くなれるのである。

ゴルフ——必ずプロにつけ

ゴルフも競馬同様、最初は大失敗でカラ振りばかりだった。それが今や〝生涯の友〟になったのだから、世の中わからないものだ。もうあれから四〇年近く経つ。この間のボクの人生の、何分の一かはゴルフと過ごしたといっても過言ではない。よりゴルフに浸りたくて伊東に移住した。冬もゴルフがしたくてハワイに家を買った。今はこうしてオセアニアに住んでいる。お蔭で、クラブ・チャンピオンにも五回なれた。自分のプロアマを主催し、数多くのプロといっしょにプレイができた。しかしボクは、決定的な過ちを犯している。最初からプロについて練習しなかったことだ。

もちろん六一年の時点で、現在のような状況を求めることは至難であった。ゴルフ場もレッスン・プロもずっと少なかった。しかも働き盛りで時間もなかった。だからこの程度の才能で（最高公式ハンデは4）、あれだけの成績を残せたことに満足すべきかも知れない。しかし、途中で何回もプロについて直されたにもかかわらず、いざという時に出る悪い癖は、決まって自己流ではじめた初期の「球に当てにゆく」スウィングなのだ。だから他の人には、必ずプロについてレッスンを受けるように、アドバイスしつづけている。

ゴルフは高年齢までつづけられる数少ないスポーツで、乗用カートを使って、百三歳までプレイしていたカナダ人をボクは知っている。したがってリタイア後のスポーツとしては、まさに理想的ともいえる。

ただし日本のゴルフは高すぎる。これまた主旨でないので詳述はしないが、企業や一部金持ちが国や地方自治体と共謀して、こういう状況をつくり上げてしまったのだ。もともと山ばかりで平地の少ない、しかも農業国のわが国にゴルフは向かなかったともいえるし、気候も全く不向きである。

だからできるなら、日本よりもオセアニアやイベリア半島南部（ハワイは高すぎる）あたりにリタイアして、安いゴルフを楽しむことをおすすめする。ニュージーランドなら、二〇〇〇年現在で、一ラウンド千円強で十分ゴルフができるのである。

ボウリング――時間をとらないのが良い

ボクがボウリングに凝ったのは、六〇年代の後半の五〜六年間である。一時はアベレージも一八〇を越し、ほとんどプロ級であった。六八年の芸能人大会で優勝したが、決勝で倒したのは、のちにトッププロになる西城正明君だったのだから。

自分のボウリング番組も好評だった。家には今でも、二三〇点台のハイスコアで、ボクが中山律子プロに勝ったVTRが大切に保存されている。

それほど熱中したのにやめてしまった最大の理由は、椎間板《ついかんばん》ヘルニアを患って、腰痛が持病になったからである。あの重いボールをもって助走し、ファールラインぎりぎりで左足一本で立つこのスポーツは、極端に腰に負担がかかる。ドクター・ストップになってしまった。

もうひとつは、どうしてもレーン・コンディションに左右される、このスポーツの限界を知ってしまったからだ。油の塗《ぬ》り方で、良いスコアも出るし、悪くもなる。所詮は室内の、狭いスペースで戦うスポーツである。腰のことがなくても、一生続けたかどうか疑問をもっている。ただ時間をとらないし、好きな方はリタイア後も続けては如何《いかが》。世界中大概のところに、レーンはある。

アメフト——観戦スポーツの王

とにかく「観戦スポーツ」としては、これ以上におもしろいものはないだろう。ルールが難しいというが、どんなスポーツだって、結構複雑なものである。ボクは七一年に世田谷区の上祖師谷という所に家を建てた時、近所のゴルフ練習場で知り合った、日大アメフト部のOB達とつき合ううち、ハマってしまった。

皆喧嘩したら一発でノックアウトされそうな連中だったが、彼らが米軍のチームとやると簡単に脳震盪《のうしんとう》で病院行きだというから、いかに本場の選手が大きくて強いかわかる。したがって純粋に〝見るスポーツ〟なのである。

誰かが「究極のスポーツ」と言ったが、至言だと思う。野球に似ているが、攻守一瞬にして所を変えるところは、野球よりもっと緊張感がある。その上得点の入り方が多様なので、ベット（賭け）をするのに、これ以上おもしろいものはない。

ボクは毎秋NHKのBSテレビで解説をしているが、一一月にオーストラリアに行く時、これだけが心残りである。ただアチラのテレビが多チャンネル化して、より多く見られるようになったので、近年は満足できるようになった。

何年に一度かは、十数時間飛行機に乗ってまで、スーパーボウルの解説に行く。

この高所恐怖症の飛行機嫌いが行くのだから、そのおもしろさをわかっていただきたい。興味のある方は、早めにかじっておくことをおすすめする。

アンティーク——歴史との対面がうれしい

アンティークに興味をもち出したのは、まだ一〇年くらい前からである。以前から女房と、一回旅行するたびに、コーヒー・カップを一個ずつ、記念に買っていた。そのうちだんだん古いものにも目が行くようになり、遂にはアンティーク漁りをするまでになった。

カナダ、ニュージーランド、オーストラリア等、旧イギリスの植民地にいると、古いイギリスの陶器が安く手に入るのである。「開運！なんでも鑑定団」に出るようになり、中島誠之助、岩崎紘昌の両氏と親しくなって、余計拍車がかかった。

ひともうけしてやろうという山っ気を出さず、美しいな、キレイだな、好きだな、と感じたものを買うようにしている。

いつかクライストチャーチで、二千円ほどで手に入れた、ロイヤル・ドールトンのコーヒー・カップ（ほんとうはティーカップ？）がある。九〇年ほど前のものだが、今ニュージーランドにいる時は、毎朝それでコーヒーを飲む。何やら歴史と対面しているようで、実に豊かな気持になる。この気持が欲しくて、今後も古い焼きものを集めるだろう。

旅行――その国の歴史と言葉を学ぶ

昔は、飛行場とホテルとゴルフ場しか知らないという男だった。テレビの番組のため、仕方なく観光地に行くだけであった。一〇回パリに行って、一度もエッフェル塔へ行ったことがないと自慢していた。それが変わってきたのは、「HOWマッチ」をやってからである。もともと歴史が大好きで、歴史の授業は欠かさず、歴史書を読むことも好きだった。人生の峠を過ぎて、女房と二人で歴史と対面してみたいと思い出した。陶器のコレクションとも関係があるのかも知れない。

昨年結婚三〇周年で、挙式したローマの教会に行き、そこからベニス、フィレンツェを回り、更にイベリア半島を半周して来た。今度は、あらゆる史蹟や美術館を見て回った（三週間ゴルフクラブに触れなかった）。そして今までにない、充実感を味わったのである。ボクはとてもうれしかった。

若いころは「オレが、オレが」と生きてきた。自分のプラスになるものだけを吸収しようとしていた。それだけで一杯だったのである。

この歳になると、ものの見方が自然に変わってくる。やがては自分も歴史の上の一塵芥《じんかい》として消えて行くのだという思いが、無意識に強くなるのだろう。そこにあったもの、そこにいた人への共感が募《つの》るのである。

ポルトガルへは、アズレージョ（絵タイル）を買いに行ったのだが、古いアズレージョを見て回るうちに、二人とも買う気が失せていた。あんなに楽しみにしていた女房が、「もう要らないわ」と言った時、ボクは正直惚《ほ》れ直した気分であった。その代り、二人の胸の中に刻まれたものの大きさを、二人は感じていたのだろう。すばらしい旅であった。二〇〇一年には、中欧への旅行を計画している。

これはボクの唯一のアドバイスであり、三〇年以上も実行していることである。出かける一年以上前から、行く先の国の歴史や現状をよく勉強すること、できれば片言でもその国の言葉をしゃべれるようにする。これで貴方の旅行は倍豊かになります。

ボクは旅先で、決められたメニューの食事をしたことがない。自分で注文する。したがって時折、とんでもないものを食わされることもあるが、平気である。食べものの単語なら、フランス語でもイタリア語でも相当自信がある。

映画と読書は生涯の友

最後になったが、少年時代からの映画と読書好きは変わっていない。ただ視力が落ちる一方なので、量はどんどん減っている。それでも映画は、新しい英語の勉強も兼ねて、必ず字幕のないものを見ているし、本もこれといった新刊は読むようにしている。やはり「生涯学習」はやめたくない。死ぬまで〝豊かに〟生きたいから……。

第六章　家族という絆

カナダ・バンクーバーの自宅で
次女の千加一家と

しっかりした家族観と家族計画を

すばらしい後半生を演出するには、はっきりした家族観と、しっかりした家族計画が必要だと思う。

ボク自身、自分でいうのも変だが、こうした書物に出会っていたら、もっと有効な前半生を送れたろうに。あのころはリタイアメントなどという言葉さえ（日本には）なかったのだから、今更愚痴をこぼしても仕方がないが。

家長支配の大橋家

ボクには家庭と呼べるものが三つあった。ひとつは当然生れ育った大橋家。どちらかといえば、家長支配の古い家族制度が律していた家庭であった。

母はすべて「まずお父さんから」と言っていたし、実際ボク達子供は父が怖かった。寡黙《かもく》であまり叱言《こごと》を言わないのだが、ギョロッとにらまれただけで、ふるえあがったものである。

一方の母は叱言が多く、「お父さん、何か言って下さいよ」というと、父は「放《ほう》っておけば良い。言ってわからないものは、叩《たた》いてもわからない」と言うのが常だった。ボクのつけたニックネーム「放っとけ親父に愚痴《ぐち》ぶくろ」そのものの家庭であった。

戦前の教育を受けた姉二人（ともに一九二〇年代生まれ）は親の言いなりであったが、戦後のいわゆる民主教育で育った妹はよく反発していた。弟はまだ幼なく、何も知らなかったというのが当たっていよう。したがってボクは、大橋家は戦前の家長支配型の家だと思っていたのだ。

母の死で家庭はバラバラに

ところが真実は違っていた。大橋家の核は実は母のらくの存在であり、これを失った時、この家はバラバラになってしまうのである。それは一九五四年であった。

ボクは早大の三年生、もうすでに卒業は諦《あきら》めており、やりたいことをやっていた。特に母が子宮筋腫《きんしゅ》で慶応病院へ入院してからは、ほとんど学校へ行っていなかったと思う。

そしてこの年の秋が深まると、母の容態は日に日に悪化した。筋腫だと思っていたものが、悪性肉腫に転じていて、もう手術もできない状態になった。

今友人の医者にその話をすると、おそらくそれは最初の診断ミスだろうと言うが、真相はわからない。何しろ半世紀近くも昔の話である。

ボクは父に呼ばれ、母の命の長くないこと、うすうす悟《さと》った母が家に帰りたがっていること、姉達は騒ぐので知らせないことなどを打ち明けられた。

母は希望通り両国の家に帰って来たが、もう文字通り骨と皮になっていた。癌《がん》は体中に転移しており、手の施しようもなかった。一二月一九日、母らくは五三歳の若さで、帰らぬ人となったのである。

父が急に老けこんだ

母が逝《い》ってほどなく年が明け、五五年を迎えたのだが、大橋家はすっかり変わってしまった。あれほど若く、生き生きと仕事をしていた父が、急に老《ふ》けこんでしまった。五五歳で真っ黒だった父の髪（その遺伝子の故《ゆえ》で、ボクは未だに黒い髪だ）に、白いものが混じるようになった。いつも上の空のようで、ボクが冗談《じょうだん》を言って笑わせても、すぐに虚《うつ》ろな表情に戻ってしまう。父と母が童貞と処女で結婚し、互いに他の異性を知らないほど愛し合っていたことは聞いてはいたが、これほどの傷心状態になろうとは、想像もできなかった。

上の姉はとうに結婚して別居していた。下の姉は二六歳だったはずだが、高校生の妹と小学生の弟の面倒見で大童《おおわらわ》だった。弁当から食事、洗濯、掃除、更に母の店の経営まで、まさに母の身代わりと自分の仕事をいっぺんにこなしていた。

到底無頼の弟（ボク）にかまっている暇はない。ボクが深夜に帰宅しようと、朝帰りしようと、誰も文句を言わなかった。つまりボクは全く浮き上がった存在になっていたのだ。

無頼の日々を送りながら、ボクはフト気がついた。母こそが大橋家のボンド（絆《きずな》）だったのだ。その結び目を失った大橋家は、全くバラバラになってしまったのである。

二二歳の若さで結婚、家庭をつくる

そして――これは全くエクスキューズ（言いわけ）と聞こえようし、またそうなのだろうが――この母の死がボクを二二歳という若さで結婚させ、そして失敗させたのである。すでに卒業を諦めたボクは、ジャズ評論家になる決意を固め、早稲田にいるより、銀座にいることが多くなっていた。

そして新人ポピュラー歌手だったマーサ三宅と会い、彼女の素質を認めて一流のジャズ・シンガーに育てようと決心したのである。

いくらコーチと弟子といっても若い男女だから――しかも同じ道を歩んでいれば、恋愛感情が生ずるのは当然だろう。

それでももし母が存命なら、結果は違っていた可能性が強い。母は口うるさいうえに、ボクを〝跡取り《あとと》り〟として女友達には特にやかましかった。

早大時代、女性の同級生を家に呼んだことがあったが、挨拶《あいさつ》の仕方が悪いと言って〝あんな娘は失格〟と烙印《らくいん》を押したことがあった。そのうえ母が生きていたら、外泊などもっての外だから、自由に恋愛などできなかったろう。

ところが大橋家は消失同然で、少なくともボクには家庭はなかった。マーサは母親と二人で戸越に住んでいたが、この母がつくる料理が、ボクにとって家庭料理だった（満州にいただけに少少違った味だったが）。

レッスンが深夜に及んだり、仕事を終えて彼女を送ってゆくと、危ないから泊って行きなさいと言われた。三人布団《ふとん》を並べて寝ることも、たびたびに及んだ。

決定的な契機は、翌五六年の春にボクが虫垂炎《ちゅうすいえん》の手術で東京医科歯科大学病院に入院したことである。前述のような理由で、大橋家には人手がなかった。付き添ってくれたのは、マーサと優しい母親だったのである。要するにボクの帰るべき家は、両国にはなく、戸越にあったのだ。

もちろん二人の間に愛情がなかったわけではない。特にジャズという共通の目的があったし、父が買ってくれた中野区野方での新婚生活は、楽しいものであった。

ボクは彼女にジャズを教えたが、音楽学校出の彼女から、ボクは音楽の基礎知識を学んだ。ピアノの弾き方も、ハーモニーの進行も憶えた。まさに理想的な家庭で、多くのミュージシャンが遊びに来て、ギャンブルをしたり、酒を飲んでレコードを聞きまくったりしていた。

彼女のまじめすぎる性格に不安

ただひとつ心配があった。それは彼女の性格である。とにかくまじめすぎるのである。母と二人きりで満州から引き揚げてきて、（彼女の言葉を借りれば）〝自力で生きてきた〟女性だから、何事も杓子定規《しゃくしじょうぎ》であった。

新婚旅行の時のことである。当時のことだから熱海の伊豆山温泉にゆくために、湘南《しょうなん》電車に乗った（新幹線はまだない）。品川か大船でミカンを一袋買った。ボクは持ち前の悪戯《いたずら》心が起き、むいたミカンの中から、わざと種の入っている袋を彼女に渡した。口に入れて種の存在を知って「貴方、気をつけなさいよ、種が入っているから」という。あらかじめ種の入ってない袋をもっていたボクは、「平気さ、盲腸は取ったんだから」といって呑《の》みこんで見せた。この他愛ない悪戯がしばらくつづいたのだが、当然簡単なトリックはばれてしまう。

問題はそのあとである。彼女は「貴方は私をダマした」と言って怒り出してしまったのだ。これには参った。何とかなだめてその場は収まったが、のちのちまで――特に別居や離婚話のころ――この話をもち出しては、「貴方はダマす人だ」と言われた。

悪気で言うのではなく、クソがつくほどまじめなのである。ボクは楽屋と画面が全く同じジョーク人間だから、心が通い合うか一抹《いちまつ》の不安を感じたことを憶えている。

マーサ三宅はトップ・シンガーに

ボクがジャズの仕事をしている内は、それでも良かった。もちろんボクは誠実な夫だったわけではない。若いジャズ評論家、司会者というのはいいソノとボクしかいなかったから、よくモテた。朝帰りどころか、何日も家を空けたこともある。しかしジャズメンというのは、徹夜とか雲隠れを当然とする風潮があり、妻もそれほど口うるさくできなかった。

仕事はしっかりやるのである。特に彼女のリサイタルとか、放送の仕事のほとんどすべてはボクが手掛けたし、訳詞もたくさんつくった。ボクの期待通りに成長したマーサ三宅は、五九年あたりで日本のトップ・ジャズ・シンガーになっていたのである。

この年長女の美加が生れ、共働きからしばらくはボク一人の働きになったが、前に書いたようにテレビ・ラジオに仕事をひろげていたボクの収入で一家を養えるほどになっていた。

仕事が広がり深まる溝

ただ仕事的にどんどんジャズから離れてゆく。ジャズの仕事なら「お安い御用」だが、テレビの構成台本だとそうは行かない。特に相手が井原、渡辺というウルサ型ディレクターである。家に帰ると赤ん坊がいる。

六一年に次女の千加が生れ、子供が二人になった。「たまには動物園にでも……」と妻に言われても、ちょうどゴルフのコンペとぶつかったりする。コンペは仕事がらみのケースが多い。

家では仕事にならない状況になった。NTVの場合、近くのフェヤーモントホテルにカンヅメになった。TBSは赤坂寮や赤坂旅館の一室でうんうん唸《うな》って、ギャグを考えたり、構成の趣向を凝らしたりする日が増える。やっと書き上げて家に帰ると、妻は地方の仕事でいない。いわゆるすれ違いの生活が多くなってしまった。

ギャンブルづきあいの明け暮れ

のちにテレビタレントとして成功してからは、マイペースを守ることで有名になったボクだが、このころは新人作家でつき合いを断わることはできなかった。

特に渡辺正文は、酒は一滴も飲めない男であったが、ギャンブルが大好きで、しかも強かった。麻雀とポーカーで徹夜ということが、どのくらいあったか。ボクもこのころになると麻雀の腕は一〇回やれば八回勝つくらいに上達していた。

ポーカーはもっと強かった。ボクは今でもポーカーこそがギャンブルの華だと思っている。必ずしも強い札をもっているものが勝つとは限らないこのゲームは、腕と度胸とポーカーフェイス、それにタイミングの勝負である。

休憩《きゅうけい》時間の短いジャズメンは、麻雀よりポーカーを好んだ。ボクはクラブや劇場の控室や楽屋で、ミュージシャン達に混じって腕を磨いた。もともと博才《ばくさい》があったのだろう。こちらのほうも勝率は高かった。

勝てばチャレンジを受ける。チャレンジされて逃げたら相手にされなくなる。博奕《ばくち》のつき合いは増える一方であった。

こうすれ違いがつづくと、ジャズという絆で結ばれていた夫婦は脆《もろ》かった。ボクがジャズから離れるにつれて、結びつきが弱くなって行ったのは致し方なかったと思う。

別居に踏みきる

ボクは六三年のある日、妻に別居を申し出た。彼女は当然ノーと言った。何回か話し合ったがダメだった。ボクが恐れたのは、このままでは家庭もボク自身も両方破滅に向うことであった。ボクは次善の道を選び、ある日置き手紙をして家を出た（家は野方から沼袋へ変っていたが）。

この間全く女性が介在していなかったわけではない。ある実業家の想いものだった人で、麻布のアパートに一人で住んでいた人がいた。ボクは赤坂にアパートを借りたが、彼女には旦那がいるので、時々きて食事をつくってくれたりしていた。ところが間の悪いことに、そうしたある日、突然妻がたずねて来てしまった。修羅場にはならなかったが、ボクは麻布に引っ越さざるを得なかった。

ボクが家に帰らないことを知った妻は、第三者を立てて、正式に別居の条件を整えて欲しいと言ってきた。ボクは前述の広瀬礼次さんに保証人になってもらい、月々の生活費を家に入れるということで、やっと正式に？別居を認められることになった。

さて一大事になった。当時のボクの月収は、まだ一〇万円には達していなかったと思う。全額家に送金と思って良い。ボクの性格として、黙って判を押してくれた広瀬社長に迷惑はかけられない。社長には、ボクの収入は全部家のほうに回して下さいと言った。

ギャンブルの要諦は運と仲良く

となるとボクが食えない。しかしボクは腹を決めていた。ギャンブルで食うつもりであった。このころのボクは（もとは新宿の雀荘「雄飛閣」の主人に仕込まれたものだが）ギャンブルの要《よう》諦《てい》は、いかに〝運〟と仲良くできるかだと信じていた。

のちにボクは自分の著書で、それについて「押さば押せ、引かば引け」と書いたが、ツイている時は徹底的に強気に出るが、一旦運気が去ったら、一転して守りに転ずる——これがすべてのギャンブルに通ずる必勝法だと悟《さと》っていた。博才のある人間は、その潮の変わり目を認識するのが早いだけであろう。

ギャンブルで食っていく

時効だから書くが、正式に別居してから約二年の間、ボクは全くギャンブルで食っていた。麻雀もポーカーも負けなかった。技術もあったが、何よりも〝気合〟が違っていた。家がないのだから門限もない。全く集中できた。放送局のスタッフやジャズメン、芸能プロのマネジャー、ナイトクラブ関係者からタレントまで、幅広い相手と戦った。〝引き〟（肝心な時に必要な牌《パイ》や札を引いてくること）も強かった。やはり生活がかかっていたからだろう。

のちに阿佐田哲也さんとこの話をして、「お互いに〝引き〟が弱くなってしまった」と笑い合ったことがある。文学賞を取りまくった色川武大さん(阿佐田哲也さんの本名)は、すでに『麻雀放浪記』の〝坊や哲〟と同じ引きをもたないのである。山口瞳先生も同様のことをおっしゃっていたが、この〝引き〟(運気)を知っているだけで、その人は〝できる〟のである。

妻と離婚、無一文に

妻と正式に離婚したのは、六六年の春だったと思うが、こじれた離婚話をまとめてくれたのは渡辺プロの渡辺晋社長である。ボクはどちらかというと反ナベプロ派に属していたが、こういう時に人間の器量が出るのだと思う。ボクは今でも晋さんの恩を忘れない。

しかしボクは無一文になった。家庭裁判所は、「当時としては最高の条件」と言ったそうだが、もっているものは皆渡した。沼袋の家をはじめ、預貯金からレコード・コレクションまで全て慰謝料の一部として妻に差しだした。その他に決められた慰謝料を分割払いとし、二人の娘が成人するまで(実際は結婚するまで続けた)養育費を支払う、という離婚条件をすべて認めた。

すべてはボクが悪いのである。青春のリビドーにつき動かされ、また母を失い家庭を失った空白を埋めたくて、一人の女性と人生を共有する約束を交わした。そしてそれが守れなかったのだ。彼女のほうに落ち度はない。したがって、すべてを捧《ささ》げて許してもらうより仕方がない。それが男としてできる、唯一のことである。

そういう点で、ボクは作家の安部譲二さんを尊敬している。ボクは不幸にして？一回しか経験がないが、安部さんは新しい女性を好きになると、前の奥さんに全部あげて離婚し、次の人と結婚してきたらしい（氏の著書で知っているだけだが）。

ボクは家庭に向かない男だ

ボクはこの時、ボクは結婚——家庭に向かない人間だと悟った。まず束縛《そくばく》されることを嫌《きら》う。次に子供が好きになれない。自分の子、他人の子というのでなく、理屈を言ってもわからない子供の存在が嫌いなのである（井原高忠さんも全く同じ意見であった）。したがって成長した二人の娘とは、ずっと仲良くしてきているし、死ぬまで親子であり続けよう。だからもう二度と結婚なんて考えまい、とひそかに誓った。

黄金の独身時代に戻る

これからの三年間（別居時代を入れると五年間）は、まさに〝古き良き時代《グッド・オールド・デイズ》〟であった。ボクは別居し出してから、トラブルを避けて、フェヤーモントホテルの一室で生活していたが、離婚してからは赤坂プリンスホテルの旧館の一一九号室（救急車が来そうだが）に居を移した。当時の竹内錦成支配人と知り合いだったので、ほんとうに良くしてもらった。

ホテルは便利である。フロントにいないと言ってくれと頼んでおけば、〝いない〟のだ。電話もつながないでもらうこともできる。逆に女性が忍びこんでくることも、シティーホテルは可能である。まさに黄金時代であった。

六六年以降はタレントとして売り出して、そっちのほうで不自由するどころか、ハチ合わせをどう避けるかに腐心する有様だった。「11PM」が終って、赤坂・六本木へ出かけるともう日付が変わっている。二、三軒飲み歩いていると誰かに会う。朝までやっているジャズ・クラブでピアノの弾き語りをしていると、大抵の話はまとまったものである。昔馴染《むかしなじみ》のミュージシャンの出ているクラブにゆくのも楽しみであった。全く自由で、何ひとつ不満はなかった。

そこで前からもっていた「夢」の達成に着手することにした。

夢、自分のバンドを結成

一九六九年の四月から大橋巨泉事務所をスタートさせるに当たって、ボクのもうひとつの夢である「自分のバンド」を結成することになった。

ボクが大学生、彼が高校生という時代からのつき合いである、テナーサックスの杉原淳に話をし、ベースの根市タカオをパートナーとして「サラブレッズ」というコンボをつくり、レギュラーの収入源として「11PM」に出演させることにした。後藤プロデューサーは賛成してくれたが、男ばかりでは仕方がなかろうと、女性歌手を入れることを条件にしたのである。

バンドに女性歌手を入れよう

何人くらいテストしただろうか。帯に短し、たすきに長しで、なかなか決らなかった。後藤達彦の条件、「美人でスタイルが良く、歌もそこそこ」というのが難かしい。三月末のデビューは決まっていたのに、すでに二月に入り、次第に焦りの色が濃くなっていた。

アイドル・浅野順子が候補に

「大橋さん、ニッポン放送で一緒にDJやっている浅野順子ちゃん、実はクラウンでレコード出している歌手なんですよ」と、マネジャーの近藤が言い出した。渡りに船と話をもってゆくと、「私は歌下手ですし、第一ジャズなんて知らないからダメです」と断わられた。

ボクが聞いていたのは、ミス・ティーンで世界第二位になった娘で、歌番組の司会とかドラマに出ているという話だった。ＤＪの相手としては、美人なのにひょうきんで、東北弁のマネなどが巧かったが、歌は知らなかった。早速レコードを取り寄せて聞いたが、ほんとうにうまくない。要するに今で言うアイドル・タレントだったわけだ。尻に火がついているこちらとしては、「にこにこしてマラカスでも振っていてくれれば良いから」などと口説いたら、「では考えさせて下さい」まで軟化したのである。

断られるだろうと思っていたが、数日後「レパートリーをつくって、教えていただけるなら、やってみたい」という返事がきた。一も二もない、早速給料を決めて契約してしまった。あとで聞くと、この時ちょうどクラウンとの契約が切れ、東宝から話が来ていて、歌手か女優か迷っていたらしい。全く新しいものをやってみようと考えたのだ。

歌のレッスンで急接近

これからの一ヵ月半はたいへんだった。とにかく一曲もレパートリーがない。英語は全くダメだという。デビューまでに、何とか三曲くらいレパートリーを作らねばならない。一曲は「虹の彼方に」としたが、オリジナルもつくらなければなるまい。話題になるならと、ボクの作詞作曲で「二十年前に」という初恋の曲を書いた。

ボクは当時週にテレビ六本、ラジオも六本のレギュラーを抱えていたが、それ以外の時間をすべて彼女のレッスンにつぎこんだ。彼女も前の契約の仕事が残っており、時間が合うのは夜遅くということが多かった。ボクはホテル暮らしだし、仕方がないから彼女の家へ行った。ピアノもないので、ピアニカを持って行ったのを憶えている。

一年間も一緒にDJをしていたが、ボクはこの娘《こ》とお茶を飲んだこともなかった。美人だが年が違いすぎる。ボーイッシュで、全くセクシーではない。第一ボクはガールフレンドに不自由していなかった。

あとで聞くと、彼女はマネジャーに「巨泉さんは名うてのプレイボーイだから、誘われても上手に断わるように」と言われていたらしい。もっとも二人の録音が終ったあと、ボクにはもう一本別の番組の録音が残っていたので、彼女は「お疲れさまでした」と言うと先にスタジオを後にしていた。

初めて知ったが、彼女の家は墨田区業平橋《なりひらばし》という、ボクの生れた両国から都電で一本道の所にあった。浅野輪業という自転車屋さんで、経営している長兄一家と母と一緒に住んでいた。テレビで見ている有名人が、突然娘のためにレッスンに来てくれるので、母親はびっくりするやら恐縮するやらで、よく食事をつくってくれた。これが全くの下町の味で、十数年ぶりに味わう〝オフクロの味〟であり、長い間忘れていた味のような気がした。ふと「家庭」という字が頭をよぎったが、ボクはあわてて首を振った。

この五年間の〝黄金時代〟に、本気で好きになった人がいなかったわけではない。しかしボクには実に奇妙な性癖があって、恋愛中のプロセスは楽しむのだが、一旦肉体関係が生じてしまうと、心が離れてしまうのだ。これは（セックスを伴った）初めての恋愛から一貫していた（したがってボクは買春というものに興味をもったことがない）。だからプロセスの楽しい恋愛は良いが、結婚とか家庭はタブーであった。またひとりの女性に不幸を負わせることはできない。

しかし――今回の場合は全く違っているではないか。セクシーとか、ロマンティックとかいうものはない。この娘は酒は飲めないし、ダンスもできない。会うのは母や兄のいる下町の自転車屋である。そういうことになるはずがなかった。

愛に気づく

ところが彼女が兄姉とスキーに行っていて、ボクが一人でホテルのピアノを借りて新曲をつくっていると、しきりに彼女のことを考えていた。あんな〝甘い生活〟をしてきたのに、ボクの心に大きな穴が開いていることに、ふと気づいたのである。

マーサの場合とは全く逆で、この娘に歌手としての素質はなかった。音感は良いのだが、先天的に声が出ない。声量も音域も、到底ジャズが歌えるものではない。専門家だからすぐわかった（のちにボクは、結婚の理由として〝できの悪い専属歌手をリーダーの責任で引き取った〟と言ったが、できのよいジョークだが真実ではない）。ただデビューが決まっているので、何とか間に合わせようと、レッスンをつづけただけである。

しかしこの娘を愛し出していたことも確かで、これがボクを悩ませた。また単なるリビドーではないのか。どうもそうではないらしい。ボクには複数のガールフレンドがいて、不自由はしていなかった。それに彼女にセックス・アピールを感じなかったし、趣味も違えば性格も違う。ただボク好みの丸顔の美人で、スタイルが好いこと、そして何よりもユーモアのセンスに惹《ひ》かれた。とにかく二人で会話をしているのが楽しいのである（これは現在も変わっていない）。ボクのジョークにも応えてくれた。

下町の娘にプロポーズ

それでも失敗にこりていたボクは、何回も自問自答したが、これは今までと違うとの結論に達した。亡母の「今にお前は、気立ての良い下町の娘と結婚するんだよ」という言葉を思い出した。

彼女に「前に撮影で行ったローマのレストランがある。今度来る時は二人で来ようと誓ったんだが、一緒に行く?」と聞いたそうだ。プロポーズといえば、そうだったのかも知れない。セックスもなしで、結婚に向っていたなど、今の若い人には信じられないかも知れないが、婚約するまで一切交渉はなかった。

こうしてボクは、今は亡き義母浅野タキノさんの所へ、娘さんを下さいと頼みに行った。一四歳も年が違うし、全く家事をしたことがない（六歳から子役だった）娘の将来を気づかって少々延期して欲しいと言われたが、彼女の意志を尊重してOKしてくれた。

ボクは何故彼女がすぐ結婚を承諾したのか、今でも不思議に思っている。もちろんボクを好きになっていたのだろうが、別の理由もあったはずだ。彼女は父を五歳の時に失っている。やはりファーザーコンプレックスがあったと見るのが、正しいかも知れない。

前述のように、ボクにもマザコンはあったのだが（すべての男はもっている）、それは意外にも後に解決される。今や一四歳下の女房は、ボクの妻であると同時に、立派な母親代りもしているのだ。三五歳と二一歳で結婚して三〇年、今や六六歳と五一歳になったが、結婚当初より今のほうがうまく行っている。一度の失敗と二回目の成功をふまえて、ボクの結婚観、家庭観を述べてみたい。

成功する結婚の条件

まず百年来?のテーマである「恋愛と結婚は違う」か? これは当然違う。恋愛はお互いに「好き」なだけで成立するが、結婚は「好き」なだけでは成功しない。もちろん好きでない人と結婚するなど論外である。

成功する結婚の第一条件は、お互いに相手を「好き」であることと信じている。百歩ゆずっても「嫌い」でないことが条件になる。前にもちょっと触れたが、嫌いな相手と結婚している人は、直ちに離婚して再スタートすべきである。

では同じ「好き」でもどう違うかというと、結婚の場合はひとつの事業と同じように、成功させ完遂《かんすい》させなければならないわけだから、単なる恋人と違って「パートナー」である必要がある。

つまりうまく行かないときは慰め合い、うまく行ったときは〝ハイ・ファイヴ〟(よくスポーツ選手が上空で掌を合わせるポーズ)するパートナーなのだ。

ゴルファーとキャディーの仲だと思えば良いと思う。唯一人アドバイスができるのはキャディーだが、ボールがキャディーに当たるとペナルティーを取られる。だから人間的、性格的に嫌いなキャディーをやとっているプロ・ゴルファーはいないし、いたら絶対に成功しない。「好き」でなければならない所以《ゆえん》である。

好きが第一

では何が「好き」であることが重要か。まず顔と性格と言って良い。美醜は問わないが、嫌いな顔はまずいと思う。気の遠くなるような長い時間を一緒に過ごすのである。

「性格」はもっと重要だが、これは長い間に折り合うことが出来る。そのくらいの努力は必要だろう。顔の美醜と同じく、要は〝相性《あいしょう》〟である。よく離婚の理由に「性格の相違」が挙《あ》げられるが、あれは正鵠《せいこく》を射ていないと思う。性格は皆違って当り前である。あれは「相性が悪かった」が正しい。これはセックスについても言えると思う。肉体的特徴から体臭に至るまで、相性が悪いと長続きしない。

相性の良さ、そして妥協

そして結論はやはり、「You can't have everything」となる。どこかで妥協しないといけない。

ボクはよく考える。絶世の美女と結婚した男が何故離婚するのだろう。例えばフランク・シナトラである。最初の妻ナンシーと別れて、彼は文字通り〝絶世〟のエヴァ・ガードナーと結婚したが続かなかった。ローレン・バコールとも浮名を流し、ミア・ファーローともダメであった。そして最後の妻バーバラに見とられて八三年の生涯を終えた。バーバラは大女優でも絶世の美女でもなかったが、このへんをシナトラに聞いてみたかった。

男は金と力があれば、EVERYTHING を得ようとしがちだ。しかし人間は〝全て〟を手に入れようとすると（宗教的に言えば「神」になろうとすれば）、必ず失敗するものである。

愛嬌は歳を取らない

これをしっかり認識していれば、長く幸せな結婚生活が送れる。

日本には良い諺《ことわざ》がある。曰《いわ》く「器量は老けるが、愛嬌《あいきよう》は歳取らない」——ボクの大好きな言葉だ。どんな美人だって（肉体派はもっと）歳を取ればシワもできるし、胸も垂れる。しかし愛嬌（すでに死語に近いか？）は一生ついて回る。「愛嬌」は〝可愛い〟とともに〝人を楽しませる、ユーモアのある〟という意味もある。人生八〇年の時代になって、余計重味をもつ諺ではある。

実は英語にもあって「BEAUTY IS BUT SKIN DEEP」（美貌《びぼう》はただ皮一重）という。

妻とつき合う心得

最後にボクが実行している、妻とのつき合い方を書こう。

まず何といっても「できるだけ一緒にいること」が重要だ。若いうちは仕事上、どうしても離れていることが多くなる。ボクのような職業ではなおさらで、伊東にいた時など、週に三日は別れて暮していた。

しかし離れていると、どうしても心にスキ間が生じる。そこに誘惑や浮気心がしのび寄ってくるものだ。浮気がいけないというつもりはないし、そんな資格もない。しかし浮気で済まなくなるケースも出てくるし、相手に子供ができたりすると、とんでもない（しかも本人が望んでない）結果になるものだ。

できるだけ一緒にいるか、（それが不可能なら）毎日必ずコンタクト（連絡）しているべきと思う。

一緒にいる、コンタクトする

ただ一緒にいるのでなく、できるだけ「コンタクト」が欲しい。今度は〝連絡〟でなく、〝接触〟という意味である。通りがかりに、肩とか髪とか（時には胸でも尻でも？）にちょっと触れることが大きいのだ。できれば一日一回、軽いキス（唇が触れる程度の）をすればベストだと思う。

ボクら夫婦は、朝に「おはよう」で一回、夜「おやすみ」で二回のキスを、三〇年間欠かしたことがない（これを書いて気がついたが、すでに三万三千回のキスをしていることになる）。喧《けん》嘩《か》しているときでも欠かさない。留守するときはまとめて交す。

これは意外にも、言葉以上の仲直りや詫《わ》びの効果をもつ。こうした〝儀式〟をもつことの重要性は、意外に知られていない。

セックスも重要だと思う。ボクは六六歳になった現在でも週に一度は（健康であれば）必ずする。セックス以上のコンタクトはない。

互いの領域は尊重する

これとは全く逆の意味になるが、一方ではそれぞれの「領域」を尊重することも大切だ。特に趣味や行動の面で、自分のやりたいことを相手に押しつけない。

ボクは多趣味でスポーツ好きだが、女房の寿々子は運動神経が鈍い。ギャンブルやゲーム類もあまり好きではないようだ。信じられないだろうが、大橋巨泉の女房のくせに、未だに麻雀ができない。将棋の並べ方も知らない。しかしボクは無理に憶えさせることをしなかった。アメフトのルールも知らないし、野球もおぼつかない（ただし野球場へ行くのは嫌いじゃない）。釣りは好きだが、泳ぎが下手なので船を怖がる。競馬も、ひたすら「馬が可愛いい」だけであった。唯一ゴルフだけは、下手ながらハマってしまって、毎週プレイしている。

逆に彼女の好きなものは、まず読書だが、これもボクと逆。ノンフィクションや歴史書の好きなボクと違って、小説（特に推理小説）が好きである。映画は必ず二人でゆく。アンティークは二人でハマっているので好都合だ。

とにかくこの娘《こ》は（失礼、もう五〇を過ぎたんだ）は、狂のつく動物好きである。犬、猫、馬、兎にかぎらず、何でも（恐らく蛇とゴキブリ以外）好きなのだ。魚も鳥も――忘れていたが花や樹木の植物も――とにかく生きものが好きでたまらないのである。

だから伊東にいたころは、最大四匹も犬を飼っていたが、今や〝渡り鳥〟なので不可能である。したがって今ボクがしてやれることは、動植物の豊富な所に住むこと――そして前述のように、彼女は大満足なのだ。

共通の趣味をもつ

結論は、「押しつけてはいけないが、二人の共通の趣味は、一つや二つ必ずもつこと」である。

ボク達は人から「二両連結」といわれるほどいつも一緒にいるようだが、実は何かを一緒にしている時間と、全然別のことをしている時間をもっているのだ。これが重要だと信じている。

トラブルは話し合いで解決

最後にトラブルにまきこまれたら、二人でとことん話し合うことである。人間だから配偶者にも話せない秘密もあり得ようが、二人の間のことは隠し立てせず話し合うのだ。それでダメなら別れるより仕方がない。

しかしお互い大切な後半生に欠かせないパートナーであったなら、ほとんどのことは解決できるはずだ。

そして逆に、二人だけの秘密は多いほうが良い。うちには「他人には絶対受けないジョーク」とか、「他人にはわからないモノマネ」ともいう隠しネタがあって、これさえあれば多少の喧嘩は収まってしまう。

三〇年積み重ねた年輪

しかしくどいようだが、決め手は「相性」である。ボクはわがままですぐ怒るが、相手に「ゴメンナサイ」といわれると、五分で機嫌《きげん》が直ってしまう典型的B型人間。寿々子は全くのO型で、八方美人の〝外良し〟だが、大いにズボラである（必ずしも血液型性格判断を信じているわけではない。念のため）。

お互いにお互いの〝いい加減さ〟がわかるのに一〇年、利用するのに一〇年、感謝するのに一〇年かかり、三〇年の古き良き夫婦になれたと思っている。

田辺聖子さんの金言

女房も努力したと思う。ある時ボクは女房が手帳に、田辺聖子さんの言葉を書きつけてあるのを発見した。

曰く「上機嫌の女は男の宝もの、その反対もそうよ。お互いの機嫌のよい顔を、ちょっとでも長く見ることに結婚の良さがあると思います。上機嫌というのは努力でできるものだから、相手に求めるより、まず自分がならないと」

「この人（御主人、通称カモカのおっちゃん）とはよく笑うたし、一緒になってたいへん幸福な人生でした」

田辺さんは日ごろから私淑《ししゅく》している作家だから偉いのは当り前だが、その発言を書きうつしていた女房も相当エライのである。

姉弟もまた楽し

亡父の口ぐせは「兄弟は他人の始まり」である。第二章で述べたようにたいへんな実存主義者だった父らしいが、ボクに与えた影響は大きい。偶然の産物である姉弟や親類よりも、自分で選んだ女房や友人を大切にする傾向はずっとあった。特にボクの場合きょうだい五人の内三人が女性だったから、そして長男のボクが家を出てしまったので、一般よりコンタクトは少なかったこともある。

しかし七〇年に経理担当者に持ち逃げされて文無しになったとき（次章参照）、ボクは父の所へ弟を〝もらいに〟行った。どうせだまされるなら、他人より肉親のほうが良いと考えたからだ。

あれから三十数年、ボクは財産管理まで弟に任せきりである。よく人に「稀《まれ》に見る仲の良い兄弟」などといわれるところをみると、ボクは父ほど実存主義者ではないのだろう。姉や妹が時折たずねて来て昔話をするのも楽しい。要するにボクは「来るものは拒まず、去るものは追わず」というヒトなのである。

二人の娘を育てた妻に感謝

子供についても同様である。来たいといえば（空いている日なら）いつでも歓迎だし、来なければ忙しいのだろうと思っている。

しかしボクの場合、幼ない二人の娘を捨てて〝家出〟した失格者なので、娘についてはいつも負い目を感じている。そしてこの二人がまともに育ってくれたことについては、二人の妻に心から感謝しているのである。

まず別れた妻は、二人にいつも「貴女たちは、お父さんの送ってくれるお金で育っているのよ」と言って聞かせていたそうだ。

世の中には逆に、出ていった夫の悪口ばかり聞かせて（当然ともいえるが）、子供を育てる女性も多い。幸いにしてボクの娘の場合は、「父母は事情があって別れたが、父は私達をサポートしてくれている」という観念が植えつけられていたので、ボクは憎まれないで済んだのである。

この意味でボクはマーサ三宅と、働くシングルマザーを支えて、実際に二人を育て上げてくれた今は亡き義母に、感謝の念を禁じ得ない。

継母が娘たちの親友になってくれた

再婚してまもなく、前妻から娘達がパパに会いたがっているとの連絡があった。最初は三人で外で会ったが、二回目からは娘が家に来てくれた。

ボクは心配で神に祈る気持だったが、寿々子はすばらしかった。もともと典型的O型人間の「外良し」だが、それにしてもたちまち〝親友〟になってしまったのには驚いた。

娘達が年ごろになると、すすんで寿々子に相談するようになったのである。ボーイフレンドのことなどは、母親はヤバイし、父親は頼りにならない。自分達と一〇歳少々しか離れていない継母は、絶好の相談相手だったのだ。

電話が鳴ってボクが出ると、「あ、パパ？　スー（寿々子の愛称）いる？」と娘に言われた時は少々複雑な気持だったが、非常にうれしくもあった。

学校（進学）問題や結婚の話は、すべてボクが相手になったが、他のことは女房とのことが多かったようだ。

外国にいると、寿々子は自分の服よりも娘達のドレスを探して回る。成長してともにジャズ・シンガーになった二人は、寿々子の帰国を首を長くして待つようになった。ここ数年は孫をつれての訪問がほとんどである。

美加は気を使って寿々子のことを「オーママ」と呼ばせているが、千加の長男のフランキーは、まともに「バーバ」と呼ぶ。少々かわいそうだが、女房は喜んで遊んでやっている。

やはり「愛嬌は衰えない」のである（別に器量が衰えたと言ってるわけじゃないよ、カミさん！）。

子供とのつき合い方も、結論は「つかず離れず」が正解と思う。まずそれぞれの家族が優先順位で、その次で良いのである。

第七章　友を選ばば……

千葉の仲よしグループ「ファミリー会」のパーティー
若山医師宅で（序章参照）

友人とは利害関係を入りこませない

よく人に、「そんなにいろんな所に住んでいては、お友達がいなくて淋しいでしょう」といわれる。また芸能界では「大橋巨泉は友達がいない」と言われた。ともにまちがっている。

何回も書くが、ボクは親類より友人を上位に置くほど、友達は大切と考えている。自分で選ぶのだから、妻の次に大事にする。しかしともに自立した個人なのだから、お互いに寄りかかるようなベタベタした関係はいやだ。それぞれの生き方を尊重しながら、一緒に遊んだり、相談があれば乗るという関係が好ましいのである。それから「利害関係」が一切入りこまないのが、真の友人だと信じている。

学生時代の友人たち

それにしてもやはりボクは、「騎馬民族」の末裔《まつえい》なのだろうか。ほんとうに「人生至る所に青山《せいざん》あり」と思っている。

前出の『生意気』に書いたように、中学時代に青木繁夫、稲垣浩志という親友がいた。高校では杉田親義や斎藤公福とほとんど毎日会っていた。

しかし早大に行くようになると、彼らとの接触は目に見えて減ってゆく。早稲田では、山岡重晃、丸本聡明、森田昌芳らの同級生や、前述の俳研の仲間ができた。

第一の決定的変化は、五六年に結婚して両国の生家を出た時に生じた。地元の中学・高校時代の友人と全く会えなくなった。

こちらは中野に住んでいて、しかもジャズ屋になって昼夜逆転の生活をしていたからである。ただ早大時代の友人とは、麻雀をしたり、飲み歩いたりは、時々していたが。

その代り全く違う友人ができた。ジャズ仲間である。評論家では私淑《ししゅく》していた油井正一さん、ミュージシャンでは北村英治や八城一夫、西条孝之介、歌手の笈田敏夫さんとは非常に親しくなった。若手の杉原淳や下村務とも毎日のようにつき合ったものである。

放送界での交遊

ところがボクはジャズ界から離れ、放送界に入ってゆく。前出の横田岳夫や渡辺正文、菊池安恒らとは、公私にわたって深い交遊関係になった。

しかし放送作家であるうちは、草野球のチームや、ボクが結成したゴルフ・コンペ「ＭＪＣ」（モダン・ジャルフ・クラブ）でジャズメンとの交遊がつづいたが、タレントになってしまうと、次第に遠のいてゆく。といってもタレント仲間とのつき合いという意味ではない。むしろタレントとは、放送作家時代のほうがつき合いが多かったと思う。

ボクはむしろ利害関係のない、芸能界以外の人々とつき合うことを選んだ。特にボウリングを通じて知り合った杉山彰（夭折したが、父上の杉山四郎医博はわれわれの仲人）や多々良俊（本名山口俊宏）とは、毎日つるんでいた。今や安室奈美恵やＳＰＥＥＤの育ての親として有名になったマキノ（牧野）正幸も、そんな仲間の一人であった。轟夕起子さんの遺児で、のちに六本木でジャズ・クラブ「マックス・ホール」を経営するようになっても交遊はつづいたが、沖縄へ去ってからは会う機会がない。

趣味を通じて広がる輪

競馬を通じては宮城昌康、騎手の野平祐二さん、シンボリ牧場のオーナー和田共弘さん、社台ファームの総帥《そうすい》、吉田善哉さんらと親交が生じた。

将棋では山口瞳先生の紹介で米長、大内ら多くの棋士との交わりが生れたし、ゴルフを介して日大のアメフト部のＯＢ（佐野元信や島崎勝利らとは今もって親交がつづいている）と知り合いになったことは既に書いた。このように趣味を通じて友人の輪がひろがる。

至る所に友人あり

一方、伊東に越してからは、あちらでのゴルフ仲間や釣り仲間が生れ、全く東京とは絶縁した世界ができていた。これをもって「巨泉には友人がいない」という噂《うわさ》が芸能界に生じたのだろう。

前述したように、ボクにとって東京は「仕事をしにゆく所」であり、伊東こそ人目を気にせず遊びまくれる所であった。

「亭主の好きな赤烏帽子《あかえぼし》」で、女房も二度の引っ越しには文句を言わなかったが、伊東から千葉県東金《とうがね》に移る時には抵抗した。

何しろ計一八年も住んだのである。親友ができていた。伊東市内で和食「かっぽれ」を経営する大倉克郎・弘子夫妻とは、ゴルフが縁で親戚《しんせき》づき合いをしていた。特に女房同士は、亭主の浮気問題に至るまで相談し合っていたようだ。ボクはまた東金で友達はできるさ、といつもの通りだったが、寿々子にしては珍しく反対したのである。

結局地震は怖かったし、赤いスポーツカーを買ってやるという約束までして千葉に移ったが、今では「明美鮨」のおかみさん・椿悦子をはじめ、何人かの友人ができている。

しかしボクのような「完全騎馬民族」とは違う寿々子は、未だに（外国にいても）大倉弘子とは手紙や電話の交遊関係をつづけている。

真の友人とは

それで良いのだと思う。真の友人とは、どんなに離れていても、またどんなに長い間会わなくても、いつでも会いたいものだし、相談ごとがあれば、すぐに乗ってあげる人のはずである。

今の生活でも、カナダにはOKギフト・ショップの共同経営者であるゴードン門田、オーストラリアには親子二代にわたるつき合いの大向一光君（父君の不二男さんとは昔のゴルフ仲間）のような、親しい友人がいる。カナダやオーストラリアの白人の間にも、心から相談し合える親友がいる。

漫画家の藤子不二雄Ⓐ（安孫子素雄氏）など、一年に一度くらいしか現在は会えないが、何かあったら一番に相談する仲である。

奥さんの和代さんが脳内出血で倒れた時、真っ先に病院に駆《か》けつけたのは寿々子であった。そしてやっと言葉が話せるようになった和代さんが「死ねれば良かった」と言った時、寿々子は叱りつけたそうである。友人とはそういうものだということを、寿々子はこの三〇年の間に学んだと思う。

第八章　人生で大切なこと

ゴールドコーストの家で　結婚30周年
記念にイタリアで買った置物を背景に

前半生はやり直しがきく

こんな落第生でも、有名になったお蔭《かげ》で、母校早大で先輩として講演を頼まれる。ボクはその度《たび》に、この話だけは必ずするようにしている。

「君達若い内は何でもしなさい。失敗して大きなダメージを受けるだろう。運が悪いと死ぬこともある。それは運がないと思って諦《あきら》める。しかし前半生では、七転八起のたとえ通り、何回でもやり直しがきく。しかし四〇過ぎてそんなことする奴《やつ》はバカだ。だんだん回復不可能になる」

六六年の半生をふり返ってみて、ボクも実にいろいろな仕事をしてきた。ジャズ評論家や放送作家として、ある程度の地位と収入が安定していたのに、次の新しい世界にとびこんだ。そして新しい道を切り開いて行った。

自分の能力とその限界を知ってさえいれば、そしていつも全力投球を惜しまなければ、〝何とかなる〟と常に信じていた。

三度目の経済危機

ギャンブルで切りぬけた経済危機に三度《みたび》さらされたのは、再婚後一年ほどしてからである。

寿々子とは麴町のマンションを借りて新婚生活を送っていたが、「ゲバゲバ90分」で共演して友人になった宍戸錠さんの紹介で、彼の家の前に土地を買い、いよいよ初めて自宅を建てることになったとき、事件は起こった。

エマノンプロ時代からボクの経理をやっていた塚本さんという人を信用できると思い、巨泉事務所の経理として入ってもらっていた。ボクは経理能力がないので、誰かを信用すると実印まで預けてしまう。そしてこの土地代を支払うというときになって、約四千万円ほどあるはずのボクの預金がカラになっていることが（銀行側の内報で）発覚したのである。

塚本さんは消えてしまった。競馬に凝《こ》ったのと、クラブの女性に貢《みつ》いで、マンションまで買ってやっていたらしい。当時の四千万円といえば、今の何億円になろうか。とにかくボクは無一文で、しかも残金を払わないと、土地も返さなければならない状況（頭金は没収）に追いこまれていた。

銀行支店長の英断に救われる

ところが救いは現われた。取引先の住友銀行青山支店の小椋支店長が、融資に応じてくれたのである。条件はただひとつ「大橋巨泉さんを担保にするようなものですから、巨泉事務所の窓口は住友一本に絞《しぼ》って下さい」であった。

バブル期ならともかく、七〇年だから（堅い住友としては）結構な決断だったろうが、結果としては小椋さんの賭《か》けは大当たりであった。

奥さんの努力で、塚本さんは数日後姿を現わした。すっかりふてくされていて、どうでもしてくれ、という態度であった。弁護士に相談すると、警察につき出しても一銭も返ってこないという。ボクとしても、何年も経理をやってくれた人を縄付きにしても、後味が良くない。

結局毎月三万円ずつ（しかも生活費以外の収入があった場合）返済ということで、示談にした。これでは計算上百年以上かかってしまう（実際は一円も返ってこなかった）。

マネジャーの近藤が口惜しそうにこういう話をもってきたのは何ヵ月か後の話である。塚本さんが「巨泉なんて言っても甘っちょろいもんだ」と言っていたという。「いっそ訴えたら良かったのに」という近藤に、ボクは「いいじゃないか、もう済んだことなんだから」と言った。

塚本さんが交通事故で亡くなったと聞いたのは、二年くらい経ってからである。しかも車に四人乗っていて、亡くなったのは彼だけだったという。

運の総量は皆平等

これはここでのテーマでもあるのだけれど、ボクは「運」というものを信じている。しかし運というものが、人の力ではどうにもならないものである以上、これは〝神〟によって与えられるものと考えるしかない。とすれば万能の神がくれるものだから、平等のはずである。したがってボクの持論である「人間運の総量は同じ」になる。

だから町内の福引きで一等が当たるのも「運」なら、飛行機事故でたった一人助かるのもまた「運」である。したがって「運」をつまらないことに使うことを、ボクは極端に嫌う。福引みたいなものは、外れると大喜びをするし、当たっても賞品を誰かにやってしまう。大嫌いな飛行機に乗るたびに、これで一回運を使ったと考えることにしている。

ギャンブルの〝引き〟の話は前に書いたが、ゴルフなどでもすっかり〝ツキ〟がなくなっている。若いころ使ってしまったのだろう。それで良いと思っているし、「禍福《かふく》は糾《あざな》える縄のごとし」「禍福に門なし」「人間万事塞翁《さいおう》が馬」のような中国の格言には、四千年の文化の重味を発見している。

塚本さんはうまくやったと思っただろうが、実はつまらないことに運を使ってしまったのだろう。

金や富は一位に置かない

この本の冒頭にも書いたが、ものには優先順位というものがあって、ボクは金とか富というものを第一位に置いたことがない。

これは全く根拠のない話なのだが、ボクは若いころ、有楽町のガード下で、手相見の占い師にこう言われたことがある。

「貴方は一生食うには困らないが、死んだときには一銭も残っていない」。これは後でも言われたことがある。おそらくボクが両手に「枡掛け筋《ますかけすじ》」をもっているからではないか、と思う。その時はそんなことは知らなかったが、そんなものかと思い、それ以降何となくそれを信じている。だから何回か経済的危機に直面した時も、何となく「なんとかなる」と考えていたフシがある。根っからの楽天主義といってしまえばそれまでだが、ネガティヴよりはずっと楽だ。

とにかく前半生はやるべきことは何でもやってみること、そして四〇歳になったら、「すばらしき後半生」の準備を、今度は綿密に始めることをお推めしたい。

後半生の道標を手に入れる

前にも書いたように、ボクの人生観に強い影響を与えた先輩や友人はたくさんいるし、そうした人々の言葉や思想を糧《かて》に、少しでも人生を豊かなものにしようと努力してきた。

しかし引退後の人生の道標になるような言葉を、ボクは意外なところで見つけている。あれは一九八九年も押しつまった一二月であった。あのころは冬はハワイのマウイ島にあった家で過ごしていた。

活字世代のボクは、どこにいても新聞を購読する。あのころは毎日「ホノルル・アドバタイザー」を読んでいた。

そんなある日、ロイド・シェアラーという人が、「幸せな人生への手引き《ガイド》」(A GUIDE TO A HAPPY LIFE) というたいへん哲学的な評論を書いていた。たしかトップ記事だったと思うので、おそらく三一日の大晦日《おおみそか》の特集であったはずだ。九〇年以降への指標というような意味があったのであろう。

一読してボクは唸《うな》った。この時すでにボクはセミ・リタイアを決意しており (約一ヵ月後に東京で記者会見をした)、あまりにもタイミングが良かった。すぐに女房に訳してやると、彼女も賛同して、これを日本語にして額に入れて飾りたいと言い出したのである。それは彼女に任せたが、その時訳したものをお伝えしよう。

後半生への九戒

①誰もこの世を生きて通り抜けることはできない。だから正しい価値観をもとう。

この世で最も確実に来るのは、死である。それなのに人はともすれば、永遠に生きるような錯《さっ》覚《かく》にとらわれる。必ず死ぬのであれば、それに則した価値観がもてるというもので、まずこれにいたく共鳴した。

②体を大事にしよう。健康こそ万人の富の源泉である。健康なくして幸福は不可能だ。

若いころは多少体に無理をさせても働かなければならない時もある。しかし歳を取るにつれて、金や富より健康が優先することに気がつくのだ。

若いころの無頼な生活がどのくらい蓄積しているかわからないが、とにかく煙草がやめられて良かった（この時点ですでに禁煙一八年を経ていた）。酒も週に最低一回は休肝日をもうけている。人間ドックへは三四歳の時から毎年定期的に入っている。

いつまで生きられるか知らないが、それまでは健康を保つ努力をつづけようと、改めて決心した。七年前から始めたストレッチ体操プラス腹筋および背筋運動は、毎日欠かさない。始めた時一〇回がやっとだった腹筋が四〇〜四五回、二〇回だった背筋が八〇回できるようになった。遅すぎるということはないのである。

③いつも明るく、人の役に立つ人間であれ。情けは人のためならず。

後半はもちろん〝意訳〟で、原文は「人々は同じように報いてくれるものだ」となっている。明るい、暗いは性格的なものもあるので一律には言えないが、人のヘルプ（助け）になってあげることは誰にでもできる。

引退後は金銭的には限界があろうが、精神的にはいくらでも可能だ。ボランティアやチャリティーをすることは、第一精神衛生上たいへんプラスである。

④怒りっぽい人やもめ事の好きな人を避けよ。そういう人は執念深く、復讐心が強いものだ。

このへんからがおもしろい。単なる人生の金言集でなく、防衛的内容が後半生にぴったりなのだ。

ボクも若いころは議論好きだったが、これを読んでからは、相手を論破して満足するということを避けるようになった。後半生は「心の平静」が優先する。そして無用の敵はつくらないに越したことはない。

⑤熱狂的信者も避けよ。彼らはユーモアを解さない。

これは英語でゼロット（ZEALOT）という。主として宗教の信者を指すが、政治的・文化的（特にスポーツの）信者もいる。こういう人達とは理性的な議論はできないから、避けるに越したことはない。ジョークを根にもたれたら、たまらないではないか。

⑥自分でしゃべるより、人の言うことを聞くようにしよう。自分でしゃべって何かを得ることはない。

これは確かに理屈であるが、性格もあるのでなかなかそうは行かない。ボクはおしゃべりだからついしゃべってしまうが、これ以降気をつけるようにはしている。

ただ皆がこうなってしまうと、不気味な沈黙に包まれてしまう。まあ、程度問題でしょうな、と茶化してみたが、次の⑦で俄然《がぜん》意味が生きてくる。

⑦人に助言を与えることにも用心深くしよう。賢い人はそれを必要としないし、愚かな人は心に留めないだろうから。

よく親切顔、先輩顔をして、若い人に得々と忠告している人がいるが、気をつけるべきだ。ボクは常々「今どきの若い者は」というフレーズは、絶対に使わないように注意している。ボクらだって若いころはそう言われた。人間は時代的にしか生きられない。若い人に敬遠されると、ますます老けこんでしまう。

おもねることはないが、対等につき合うようにしたいものだ。その点外国は、ファースト・ネームで呼び合うので、ずっと楽である。また年齢に関係なく、助言や忠告は〝人を見て〟からすべきである。

⑧若い人に優しく、年寄りや困っている人に同情的で、弱者や道を誤った人には寛容であれ。人生のどこかで、自分もその一人だったか、またそうなるかも知れないから。

これは山口瞳先生の「弱者や敗者の論理」で学習していたことだが、改めて感心した。人間どうしても自分の側からだけ物を見るものである。

そして成功した人には特にその傾向が強い。しかし弱者や敗者がいなければ、強者や勝者は存在しないのだ。胸に手を当てて考えてみればすぐわかる。

青二才のころ、先輩のジャズ評論家の先生に優しくしてもらったことが、どれだけうれしかったか。困っていた時の人のヘルプが、どれほど身に沁《し》みたか。自分もそうだったことを忘れてはいけない。

そして自分が年寄りになった時、ちょっとした親切をどれほど感謝するか。瞳先生に教わった「物事を常に両面から見る」ようにすると、この金言の大切さがわかるはずである。

⑨成功と金を同等に考えてはいけない。世の中には、大金を儲《もう》けながら、人間としては惨めな失敗に終った人が多勢いる。「成功」で最も重要なことは、人が如何《いか》にそれを成し遂《と》げたかということである。

まさに名画「市民ケーン」で、稀代《きだい》の天才オーソン・ウェルズが言いたかったことであろう。①と見事にひびき合っている。

巨万の富に埋もれながら、誰にも愛されずに惨めに死んでゆく人生もある。金は人並みに暮らせるだけあれば十分だ。それよりも愛する人達に見取られながら、「ああ良い人生だった」と笑って死ねる人が最高の幸せ者である。「正しい価値観」をもとう！

転ぶな、風邪ひくな、義理を欠け

もうひとつ、ボクが座右の銘としている言葉がある。それは「転ぶな、風邪ひくな、義理を欠け」だ。岸信介元首相が、晩年信条としていたらしい。ボクは若いころ「岸を倒せ！」を叫んだ口だからちょっとシャクだが、リタイア後の格言としてはたいへん優秀なので頂戴《ちょうだい》した。

転ばないために

よく注意して新聞記事や人の話を聞くと良い。歳を取ってからの死因や大怪我《おおけが》は、意外に転倒からきている。「風呂場で転んで頭を打ってから……」とか、「階段で転んで腰を打って以来……」とか想像以上に多い。

人間誰しも足腰が弱くなる。しかしいつまでも若いつもりで階段を駆け降りたり、風呂場で片足立ちになって洗ったりするものだ。

ボクは五六歳を過ぎてから、眼が悪いという理由もあって、階段は必ず手摺《てす》りの側（あるいはつかまって）で上下するようにしている。みっともないなどと言ってはいられない。できれば、リタイアしてから住む家は、平家《ひらや》が良い。そして風呂場やシャワー室には椅子《いす》を備えることをおすすめする。

風邪を防ぐには

風邪は万病のもと、特に体力の衰える中年以上では、風邪をこじらせて大病（または死）というケースが圧倒的に多い。これがリタイアするなら温暖な地方、という発想になっていると思う。

ボクが風邪を防いでいる方法は、「早期発見、早期防衛」である。風邪には必ずいくつかの徴候がある。人によって異なるだろうが、ボクの場合は「ノドのいがらっぽさ」「関節の痛み」「体のだるさ」「偏頭痛」などが発生する。即座にビタミンCとBを多目に摂《と》って休息をとる。これで大体はひかずに済む。

間に合わずひいてしまったら、迷わず病院に行く。できれば主治医をもつことだ。ボクの場合、千葉市柏戸病院の若山芳彦医師がいる。外国にいる時は若山先生に電話して症状を話し、指示を仰ぐことにしている（その前は東京・大田区の松井病院に長い間お世話になった）。

とにかく先に手を打つことが肝要だと思う。どんな病気でも、〝手遅れ〟が一番いけない。

無理をしない

それを防ぐために「義理を欠け」が最重要になる。特に〝義理人情〟の国ニッポンでは、これが実は万病のもとになっているのに、多くの人は気づいていない。

これまた多くの人に聞いてみるとすぐわかる。風邪をひいたり、こじらせたり、大病や死につながっているのは、「義理」を断われずに無理をしたからだ。体調がすぐれないのに、雨の日のゴルフにつき合ったり、寒いのに無理して花見につき合って飲みすぎて——といった話をどれだけ聞いたことか。極端な話、「雪の日にお葬式のため長い間立っていて」というのも聞いたことがある。

ボクは一切の義理を欠くことを、随分早くから実行して来た。その場合、自分も義理を〝欠かれる〟ことを承知していなければいけない。若いころはある程度は仕方がない。しかし中年以降は、前述の「正しい価値観」に基づいて、どんどん義理を欠きたい。ましてやリタイア以降は、義理の優先順位はずっと下るはずである。

You can't have everything

そして最後の最後に再び、三度登場するのは「You can't have everything」である。人間の欲は無限であるから、あれもしたい、これも欲しいとなる気持はわかる。でも結果は、アブハチ取らずになるのが関の山だ。

ボクはそんな時、こう考えることにしている。「今回の人生ではやめておこう」

もちろん唯物論者のボクは、再生も後生も信じていない。死んだら〝無〟で、土に戻るのである。ただ考え方として、今回はやめておこう、が柔軟性があって良いのではないか、と本気で考えている。

あとがき——自分の道は自分で切り開け

とにかく人生は一回きりである。どう生きるかはその人次第、国のために生きるのも、会社のために生きるのも、その人の自由だと考えている。そんな個人主義者のボクに、こうした本を執筆させたのも、時代の要請だろう。

少なくとも日本はずっと鎖国であった。明治以降も、戦後でさえも、ある意味ではそうであったと思う。西欧に追いつけ、追い越せ、それだけを相言葉に、死にもの狂いで働いてきた。政治家も企業も、その目的に必要な情報しか与えてこなかった。そしてアメリカにつぐ世界第二の経済大国になったのである。

何かが欠けている、と人々が感じ出したのはつい近年のことのはずだ。世界第二位の経済力をもつ国の人々は、それにふさわしい老後を迎えることができるのだろうか。それははなはだ疑わしい。

GNPとかGDPとかいうのは、ある種の数字のマジックである。ボクは外国の生活が長くなるにつれて、そのマジックの危険さを痛感するようになった。

日本よりずっと所得の低いニュージーランドで、引退者ははるかに楽しい生活を送っている。所得は低いが、生活費は日本の三分の一で済む。教育費も医療費も、基本的に無料である。町中に緑がある、公園がある。ゴルフはワン・ラウンド千円くらいでできる。砂浜で餌を投げれば、カレイや鯛が釣れる。

こんなにアチラのほうが良いのに、日本はＧＤＰが高いばかりに、国連の拠出金だって、アメリカにつぐ高額を支払っているのだ。

自民党政権は、「景気回復」の錦の御旗のもとに、バブル期同様の大型予算を組み、無意味な公共投資をつづけているが、一向に景気は回復しない。回復するわけがないのだが、相変らずのゼネコン政治以外に、やりようがないシステムにつかりこんでいるのだ。

政府は頼りにならないし、有権者の反応も鈍い。皆、事の重大さに気がついていないのだ。気がついたときは、目の回るような借金を背負って身動きできなくなっているだろう。

政府も会社も、ある意味では国民も頼りにならないとすれば、いやが応でも自分で切り開かねばならない。そう決心した諸氏のために、先に実行した数少ない日本人の一人として本書を上梓《じようし》した次第である。

もちろん「一生現役」という人がいても一向に構わない。しかし客観的に見ると、単なる「老害」になっているのは、ボクの美学が許さないのだ。

やはり人間、引き際と引いてからの生活の内容がその人の人生を決めると考えている。

第一章で述べた「健康」「パートナー」「趣味」「財政計画」を頭において、一日も早く「目的」に向って進水していただきたい。特に財政に関しては日本は不利だ。外国投資は通貨差損の問題もある。しかし会社のために使うより、自分のために使うとしたら、時間も無駄ではないはずだ。成功を祈る。

最後にこの企画をもってきた講談社の加藤康治さん、雑な兄のために原稿チェックに協力してくれた大橋哲也、そしてともすると止まりそうなボクを、ある時は脅し、ある時はおだてて四百字詰三百枚の原稿を書き下させた大橋寿々子に感謝したいと思う。

六六歳の誕生日に
オーストラリアにて
大橋巨泉

二〇〇〇年三月二二日

著者 **大橋巨泉**　本名・克己、巨泉は俳号。1934年東京・両国生まれ。早稲田大学新聞学科中退。ジャズ評論家、放送作家を経て、「11PM」で司会者として活躍。「クイズダービー」「世界まるごとHOWマッチ」「巨泉のこんなモノいらない」などの高視聴率番組を手がける。1973年から世界各地で土産物店「OKギフト」を経営。1990年56歳でセミ・リタイア宣言。近著『生意気』がある。

巨《きよ》　泉《せん》　人生《じんせい》の選択《せんたく》　　黄金の濡れ落葉講座

2000年 4 月26日　第 1 刷発行
2000年 5 月22日　第 4 刷発行

著　者　大橋巨泉《おおはしきよせん》
発行者　野間佐和子
発行所　株式会社講談社
東京都文京区音羽二丁目12-21　郵便番号112-8001
電話　編集部　03-5395-3560
販売部　03-5395-3624
製作部　03-5395-3615
印刷所　慶昌堂印刷株式会社
製本所　黒柳製本株式会社

ISBN4-06-268330-X　（術 2 ）

N.D.C. 783　246p　20cm